Das Fräulein
von Hergenroth

Pour Angélique,
une femme extraordinaire
et une amie très sympathique.

Juergen von Rehberg

Das Fräulein von Hergenroth

Bibliografische Information der Deutschen National-bibliothek:
Die Deutsche Nationalbibliothek verzeichnet diese Publikation in der Deutschen Nationalbibliografie; detaillierte bibliografische Daten sind im Internet über http://dnb.dnb.de abrufbar.

Herstellung und Verlag: BoD – Books on Demand, Norderstedt

ISBN: 978-3-7448-1903-9

Das Schlagwerk der Kaminuhr begann die Mittagsstunde zu künden, als aus dem massiven Buffet im Salon ein leises Stimmlein erklang:

"Frère Jacques, Frère Jacques, dormez vous, dormez vous? Sonnez les matines..."

Die Stimme verstummte augenblicklich, als Babette, das Hausmädchen derer von Hergenroths die Tür zum Salon aufstieß und laut rief:

"Wo bist du, kleine Maus? Komm sofort aus deinem Versteck oder möchtest du, dass mich die Herrin ausschimpft, wenn du nicht pünktlich zum Essen erscheinst?"

"Nein, nein, Baba", rief Valerie und kroch eiligst aus ihrem Versteck hervor. *"Die Mama darf dich nicht beschimpfen!"*

"Das ist sehr lieb von dir, kleine Maus", sagte Babette, die von Valerie <Baba> genannt wurde, seit sie sprechen konnte.

Valerie hatte diese Bezeichnung auch später noch beibehalten, sehr zum Unmut ihrer Frau Mama. Allein der Unterstützung durch ihren Papa, Herrn Kommerzienrat Justus von Hergenroth, hatte sie zu verdanken, dass sie diese liebe Gewohnheit auch weiterhin beibehalten durfte.

Ähnlich verhielt es sich auch bei Babette. Die Bezeichnung <kleine Maus> kam nur in Anwendung, wenn sonst niemand in der Nähe war.

Die höchst offizielle Bezeichnung war <gnädiges Fräulein>.

Valerie hatte eine enge Bindung zu Babette, was auch ihrer Mutter, Apollonia von Hergenroth nicht verborgen geblieben war.

Und so war es auch nicht wirklich verwunderlich, dass die <gnädige Frau> ihre Eifersucht in der äußerst herablassenden Art demonstrierte, mit der sie Babette begegnete.

Der Herr Kommerzienrat goutierte dies zwar nicht, ließ es aber dennoch zu. Er wusste, dass es zwecklos gewesen wäre seine Gattin darauf anzusprechen.

Überhaupt beschränkte sich die Konversation zwischen den Ehegatten auf das zwingend Notwendige, und sie gestaltete sich nur bei gesellschaftlichen Anlässen etwas aufwendiger.

Die meiste Zeit verbrachte Justus von Hergenroth im Ministerium, wo er ein kleines, bescheidenes Amt bekleidete. Und dies auch nur, weil er einem alteingesessenen Adelsgeschlecht entstammte.

So war es auch keine Frage, dass er des Kaisers Rock anlegte, als ihn das Vaterland zu den Waffen rief.

Den Krieg überstand er unbeschadet, und er beendete ihn als Held und Major der Reserve.

"Jetzt aber geschwind Hände waschen und dann ab ins Speisezimmer!" sagte Babette und gab dem gnädigen Fräulein einen Klaps auf den Popo.

"Mache ich gleich, Baba", antwortete Valerie und fragte dann noch: *"Hättest du mich gefunden?"*

"Nie und nimmer", antwortete Babette mit einem Lachen, *"aber jetzt beeile dich bitte!"*

Valerie stürmte aus dem Zimmer hinaus und Babette sah ihr nach. Sie liebte den kleinen Wirbelwind sehr, und natürlich kannte sie das Versteck der kleinen Valerie, zumal es immer dasselbe war.

Ein unteres Abteil des massiven Buffets war leer und bot gerade so viel Platz, dass sich ein kleines Mädchen hinein zwängen konnte. Warum dieses Abteil nicht mit Geschirr eingeräumt war, entzog sich Babettes Kenntnis, war aber auch nicht so wichtig.

****

"Wo bleibst du denn so lang?" fragte Apollonia von Hergenroth, als Valerie mit frisch gewaschenen Händen bei Tisch erschien.

Valerie, die sich nieder gesetzt hatte, zuckte lediglich mit den Schultern.

"Was ist das denn für eine Art?" herrschte Apollonia von Hergenroth ihre Tochter an. *"Kannst du den Mund nicht aufmachen, du ungezogenes Ding?"*

Allein schon die Bezeichnung <Ding> für ihre Tochter bekundete deutlich, wie lieblos das Verhältnis der Mutter zu ihrer kleinen Tochter war.

"So lass doch das Kind in Ruhe", mischte sich jetzt der Herr des Hauses ein, *"musst du ständig an Valerie herum nörgeln?"*

"Das hab ich gern", giftete die Hausherrin, *"immer schön die Hand über Papas Liebling halten."*

Justus von Hergenroth beendete die Konversation mit einer abweisenden Handbewegung und widmete sich wieder dem Teller Suppe, der vor ihm stand.

"Ich frage mich ernsthaft, wie das Mädel später einmal unter die Haube kommen soll mit diesem ungehörigen Benehmen?"

"Du hast es ja auch geschafft..."

Mit dieser Bemerkung, welche der Herr Kommerzienrat gemacht hatte ohne den Blick von seinem Teller abzuwenden, war die Konversation endgültig beendet.

Apollonia von Hergenroth stand abrupt auf, warf ihre Serviette wie einen Fehdehandschuh auf den Tisch und rauschte mit hochrotem Gesicht hinaus.

"Ist die Mama jetzt böse?" fragte Valerie ihren Vater.

Die eigentliche Antwort, die der Kommerzienrat hätte geben wollen, verkniff er sich. Wie hätte der kleine Lockenkopf auch verstehen können, hätte ihr geliebter Papa gesagt:

"Deine Mama war schon immer böse, weil alle Drachen böse sind."

Stattdessen sagte er aber:

"Komm einmal her, kleine Prinzessin!"

Valerie kam der Bitte ihres Vaters mit Freuden nach und stürmte auf ihn zu.

"Langsam, langsam; nicht dass du noch hinfällst", sagte Justus von Hergenroth.

"Möchtest du auf Papas Schoß sitzen?"

"Oh, ja", sagte Valerie, und als sie auf dem Schoß des Vaters saß, umschlang sie seinen Hals mit ihren kleinen Ärmchen und sagte:

"Ich hab dich ganz arg lieb, Papa!"

"Ich dich auch, mein kleiner Sonnenschein", antwortete Justus von Hergenroth, *"sehr sogar."*

****

Als hätte der Erste Weltkrieg nicht schon genug Tote gefordert, versuchte es ein Größenwahnsinniger noch ein zweites Mal.

Justus von Hergenroth, inzwischen schon jenseits seiner Lebensmitte angekommen, musste wieder in seine Uniform schlüpfen.

Dieses Mal nicht für Kaiser, Gott und Vaterland, sondern für einen aus der Hölle entwichenen Malergesellen.

Der Krieg forderte wieder unzählige Opfer, und eines davon hieß Oberst Justus von Hergenroth, Träger des EK I. und EK II., sowie des Ritterkreuzes des Eisernen Kreuzes.

Als die Nachricht des Todes kam, war Valerie eiundzwanzig Jahre alt und einziges Kind derer von Hergenroths.

Der kleine Landsitz, auf welchem sie mit ihrer Familie aufgewachsen war, lag unweit der polnischen Grenze und bot vor Kriegsbeginn ein beschauliches Leben.

Aber jetzt, da der Russe immer näher rückte, wuchs die Angst ins Unermessliche. Es blieb nur noch die Flucht zu Verwandten, welche weiter im Landesinnern wohnten.

Und so wurde das Notwendigste zusammen gepackt und ab ging die Reise zu Onkel Ferdinand nach Bayern.

Ferdinand Hirlinger war im Ersten Weltkrieg der Bursche des Majors. Er war der Sohn eines Wurstfabrikanten, und er versorgte seinen Offizier regelmäßig mit köstlichen Produkten im Schweinedarm.

Das führte im Verlauf des Krieges zu einer Freundschaft zwischen zwei Menschen, die unterschiedlicher nicht sein konnten.

Und als der Krieg dann endlich zu Ende war, besuchte der Major Justus seinen Burschen Ferdinand, der eigentlich "Ferdl" genannt wurde, in seiner schönen Heimat.

Dort lernte er nicht nur den elterlichen Betrieb von Ferdinand kennen sondern auch dessen Schwester Apollonia.

Der Name Apollonia stammt - laut griechischer und römischer Mythologie - von Apoll ab, dem Gott des Lichts, der Künste und der Weissagung.

Was nun die irdische Apollonia betraf, so war sie weder ein helles Licht, noch künstlerisch veranlagt und was das <Weissagen> betraf, so wusste sie oft nicht wirklich, was sie sagte.

Aber was kümmerte das schon einen jungen Mann in der Hochblüte seiner Jahre, der von Testosteron gesegnet war.

Diese Tatsache und ein wohlgefülltes Dirndl ließen Justus von Hergenroth direkt in sein Verderben laufen.

Nur wenige Monate später wurde aus Apollonia Hirlinger eine gnädige Frau, die fortan auf den Namen Apollonia von Hergenroth hörte.

Zur Entscheidungsfindung trug wesentlich die Tatsache bei, dass die <Blume vom Starnberger See> bei der zünftigen Hochzeit bereits guter Hoffnung war.

Brautvater Aloisius Hirlinger, der Wurstkönig vom Starnberger See und überregionale Persönlichkeit ließ es ordentlich krachen.

So mussten sich auch die Eltern von Justus, welche anfänglich gegen diese Verbindung waren, damit abfinden, dass sie fortan dieser Bayrischen Sippschaft angehören würden.

Wilhelmine von Hergenroth, die Mutter von Justus, musste sich der bayrischen Gemütlichkeit ebenso unterwerfen wie Otto von Hergenroth, dem der Wurstkönig gelegentlich kameradschaftlich auf die Schulter klopfte.

****

"Grüß Gott, miteinander. Kommt nur herein!"

Mit diesen Worten begrüßte die bayerische Verwandtschaft die Flüchtlinge aus dem Norden.

"Du bist ja schon eine richtige junge Dame", bemerkte Onkel Ferdinand beim Hinblick von Valerie. *"Wie lange mag das her sein, dass ich meine Nichte das letzte Mal gesehen habe?"*

"Sehr lange, lieber Onkel Ferdinand", antwortete Valerie brav, *"viel zu lange."*

"Recht hast, Dirndl", sagte der Onkel, *"aber nenn mich Onkel Ferdl, das gfallt mir viel besser so."*

"Gern, lieber Onkel", antwortete Valerie, *"wenn du das so haben willst."*

"So ist es brav, mein Kind", sagte Onkel Ferdl und tätschelte Valerie als Ausdruck seiner Freude liebevoll die Wange.

Sophie Hirlinger, die Ehefrau vom Ferdl, begrüßte die Ankömmlinge ebenfalls mit großer Herzlichkeit.

"Es tut mir so leid, dass der Otto nicht dabei sein kann", sagte sie zur Mutter von Justus gewandt mit honigsüßer Stimme. *"Wo es ihm doch immer so gut bei uns am See gefallen hat."*

Wilhelmine von Hergenroth verbarg ihr Erstauntsein, denn ihr verblichener Gatte war nur ein einziges Mal am Starnberger See.

Und das gezwungener Maßen, als der dumme Bub, wie er damals Justus nannte, heiraten musste.

"Ich danke dir so sehr, dass ihr uns bei euch aufnehmt", sagte Wilhelmine von Hergenroth, die sich ganz im Geheimen wünschte, sie wäre vor zwei Jahren mit ihrem geliebten Gatten gemeinsam von dieser Welt gegangen.

"Das ist doch Christenpflicht", entgegnete Sophie Hirlinger mit gefalteten Händen und verklärtem Blick. *"Das hättet ihr im umgekehrten Fall ganz genau so gemacht."*

"Es tut mir so leid, dass der Justus gefallen ist", sagte Ferdinand, Ferdl Hirlinger. *"Ich wär gern bei ihm gewesen, um mit ihm Seite an Seite zu kämpfen."*

"Das ist sehr lieb von dir, dass du das sagst, lieber Ferdinand", sagte Wilhelmine von Hergenroth, und es kostete sie einige Mühe, dass sie nicht laut los schrie.

Ferdinand Hirlinger hatte schon früh die Zeichen der Zeit erkannt und war in die Partei eingetreten. Er heulte so laut mit den Wölfen, dass man auf ihn aufmerksam wurde.

Er unterstützte die Genossen mit pekuniären Mitteln und Naturalien, und er erreichte dadurch, dass er einen Drückebergerposten in der Heimat erhielt und nicht an die Front musste.

Außerdem wurde sein Betrieb zu einer Stätte für die Herstellung kriegswichtiger Materialien eingestuft und er selbst als unabkömmlich erklärt.

Apollonia stand etwas abseits und beobachtete das Szenario mit gehörigem Argwohn. Wäre es nach ihr gegangen, dann wäre sie allein an den Starnberger See gereist, um in ihrem Elternhaus Zuflucht zu finden.

Es wäre ihr nicht eine Sekunde lang in den Sinn gekommen ihre ungeliebte Tochter und die verhasste Schwiegermutter mitzunehmen.

Wilhelmine von Hergenroth hatte nie einen Hehl daraus gemacht, was sie von ihrer Schwiegertochter hielt. Sie begegnete ihr mit distanzierter Höflichkeit und das war es auch schon.

Apollonia verstand auch nicht, dass ihr Vater darauf bestanden hatte, den <adligen Ballast>, wie sie Tochter und Schwiegermutter benannte, mit zu schleppen, obwohl es doch augenscheinlich war.

Der Parade-Nazi Ferdinand Hirlinger hatte große Sorge, dass ihm die Amis einen Strick aus seiner Tätigkeit während der NS-Zeit drehen könnten. Und da konnte eine adlige Verwandtschaft und die jetzige damit verbundene gute Tat nur nützlich sein.

Und als der gute Ferdl von den Amerikanern abgeholt und in ein Gefängnis gesteckt wurde, betete der bayrische Antichrist jede Nacht, dass sein Kalkül aufgehen möge.

****

Als der sich über die Maßen selbst bedauernde Wurstfabrikant Ferdinand Ferdl Hirlinger den von den Besatzern entworfenen, mit 131 Fragen gespickten Fragebogen - nach bestem Wissen und seinem nicht vorhandenen Gewissen - ausgefüllt hatte, vergaß er nicht zu betonen, dass er ein rechter Wohltäter sei.

Er habe nicht nur die hungernde Bevölkerung mit seinen Wurstwaren versorgt - was eine faustdicke Lüge war - nein, er habe auch verfolgten Flüchtlingen Unterkunft und Verpflegung besorgt. Und außerdem sei er nur ein Mitläufer gewesen, und er hätte dem System schon lange vor Kriegsende den Rücken gekehrt.

Dabei vergaß er nicht zu erwähnen, dass es sich bei den Flüchtlingen um eine adlige Familie aus dem Norden des Reichs handle.

Auf den Einwand, dass es das Reich nicht mehr gäbe, korrigierte sich Ferdl umgehend dahin, dass er sagte:

"Entschuldigung! Ich meine natürlich <das Land> und nicht das <Reich>."

Doch diese reumütige Korrektur bewahrte ihn nicht davor in ein Internierungslager gesteckt zu werden, denn den Status <Mandatory removal>, was so viel wie <entlassungspflichtig> bedeutete, konnte er nicht erlangen. Jetzt blieb nur noch die Hoffnung auf die adlige Verwandtschaft.

****

Nachdem der Herr Chef des Wurstimperiums Hirlinger viel Zeit hatte im Internierungslager der Amis, das auch <Entnazifizierungslager> genannt wurde, über seine Sünden nachzudenken und seine Wunden zu lecken, die ihm bei gelegentlich verabreichter Prügel zugefügt worden waren, übernahm die liebe Schwester Apollonia die Leitung der Firma.

Eine ihrer ersten Amtshandlungen bestand darin, das adlige Fräulein Tochter Valerie in den Arbeitsprozess mit einzubinden. Sie selbst fühlte sich - nach der Ankunft in ihrer wirklichen Heimat - wieder voll und ganz dem Proletariat verbunden.

"Du könntest ruhig auch etwas zu eurem Lebensunterhalt beitragen", sagte sie eines Morgens beim Frühstück, und die Formulierung <zu eurem Lebensunterhalt> bekundete unmissverständlich, dass sie sich der Familie derer von Hergenroth nicht mehr zugehörig fühlte.

Und so fand sich Valerie in der Schar der werktätigen Bevölkerung wieder, welche aus ihre Ablehnung Valerie gegenüber keinen Hehl machte.

Wilhelmine von Hergenroth, Valeries Großmutter, konnte es kaum ertragen, was mit ihrer Enkeltochter geschah.

"Die Hauptsache ist doch, dass wir leben und dass wir zusammen sind", versuchte Valerie die Großmutter zu trösten; aber es gelang ihr nicht wirklich.

Ein halbes Jahr später verstarb Wilhelmine von Hergenroth und wurde in fremder Erde begraben.

****

Am 5. März 1946 wurde das <Gesetz zur Befreiung von Nationalsozialismus und Militarismus> im Rathaussaal München unterzeichnet. Somit wurde auch die Verantwortung für die Entnazifizierung und die Internierungslager den deutschen Behörden übertragen.

Wenn man ein weißes Wäschestück versehentlich verfärbt, dann bleibt meist eine kleine Spur Verfärbung zurück. Nicht anders war es mit der neuen Gerichtsbarkeit. Viele systemwidrige Juristen mussten ihr Leben auf dem Schlachtfeld lassen, und die daheimgebliebenen, linientreuen Herren standen noch immer zu Verfügung.

So war es auch nicht verwunderlich, dass sie als <Mandatory removal> eingestuft ihre Tätigkeit wieder aufnehmen durften. Am 13. Mai begannen die ersten deutschen Laiengerichte, die Spruchkammern mit ihrer Arbeit, wobei sich die Amerikaner das Recht vorbehielten im Einzelfall deutsche Entscheidungen zu korrigieren.

Und als ab 1947 die neue Politik der sogenannten <Re-Education> proklamiert wurde, sah Ferdl Licht am Ende des Tunnels.

Zuvor ereignete sich jedoch ein zufälliges Treffen in einem Kaffeehaus.

Valerie von Hergenroth wurde auf einen Herrn in Uniform aufmerksam, der in einen heftigen Disput mit dem Herrn Ober verwickelt war.

Sie erwog für einen kurzen Augenblick den Vorfall zu ignorieren, besann sich dann jedoch um und bot ihrer Hilfe an.

"May I help you, Sir?" fragte sie in einem gepflegten Englisch und zog damit die Aufmerksamkeit der beiden Kontrahenten auf sich.

"Yes, you can, little lady", antwortete der Herr Soldat mit einem breiten Grinsen im Gesicht.

"What's the problem, Sir?" fragte Valerie den Offizier, an dessen Rangabzeichen sie erkannt hatte, dass er ein Captain war.

"This stupid men isn't able to bring me a Bourbon Whisky", antwortete der Captain, der beim Anblick von Valerie seinen Ton etwas gemäßigt hatte.

"You are totally right, Captain", sagte Valerie und fuhr fort:

"This is a Coffeehouse and not a Bar. You can get coffee and cake, perhaps a brandy; that's all."

Captain Brown sah sich seine Dolmetscherin etwas genauer an und sagte dann:

"Okay, so let us eat cake and drink coffee. You are my customer."

"Thank you Sir, but I have to go now", versuchte Valerie der Einladung zu entkommen, aber der Offizier bestand auf seine Einladung und Valerie fügte sich.

Der Ober brachte das Gewünschte und bedankte sich überschwänglich bei Valerie, dass sie ihn errettet hatte.

Es folgte eine längere Konversation, die überwiegend aus den Fragen des amerikanischen Offiziers bestand. Bevor er sich verabschiedete, überreichter er Valerie einen Zettel, auf welchen er seinen Namen und eine Adresse geschrieben hatte.

Die erste Reaktion von Valerie war, dass sie erschrak und errötete zugleich. Sie hatte angenommen, dass es sich um eine Verabredung zu einem Tête-à-tête handeln könnte.

Sie war sehr erleichtert, als sie die Bezeichnung <Headquarter US Army> las.

"You will be there tomorrow at 9 a.m., will you?"

"Yes, Sir, antwortete Valerie wie ein Soldat, *"I will be there!"*

****

Valerie von Hergenroth erschien am nächsten Tag pünktlich am bestellten Ort. Sie zeigte ihren Zettel vor und wurde dann in einen Korridor geführt. Der Soldat wies sie an auf einer der Bänke Platz zu nehmen.

Wenige Augenblicke später trat Captain Brown auf Valerie zu.

"Good morning, Miss Valerie, please follow me!"

Er führte sie ein paar Meter weiter den Korridor hinunter, bis sie vor einer Tür stehen blieben, auf welcher zu lesen stand:

<Col. Bradley, Integration-Officer>

Captain Brown klopfte kurz an und öffnete die Tür.

"Good morning, Sir! Miss Hergenroth has arrived."

Der grauhaarige Offizier hinter seinem Schreibtisch sah nur kurz auf und winkte dann den Captain und die Besucherin zu sich herein.

"Guten Morgen, Fräulein Hergenroth, ich freue mich, dass Sie gekommen sind."

Valerie war überrascht, als sie den Colonel deutsch sprechen hörte.

"Captain Brown hat mir einiges über Sie erzählt", fuhr der Colonel fort, *"Sie sind die Tochter eines deutschen Offiziers?"*

"Ja", antwortete Valerie zögerlich, denn sie vermutete nichts Gutes auf diese Frage hin.

"Es tut mir sehr leid, dass Ihr Vater gefallen ist", sagte Colonel Bradley weiter, *"das sind nun einmal leider die Folgen eines Krieges."*

Valerie nickte und ihre Verunsicherung nahm zu.

"Captain Brown hat mir von dem Vorfall in dem Coffeehouse erzählt und von ihrem diplomatischen Geschick."

Valerie errötete. Der Colonel, der dies bemerkt hatte, fragte sie: *"Möchten Sie einen Kaffee oder ein Glas Wasser?"*

"Ein Glas Wasser wäre nett", antwortete Valerie, deren Mund schon total ausgetrocknet war.

Captain Brown ging zu dem Waschbecken, welches sich im selben Raum befand und brachte Valerie das gewünschte Wasser.

Valerie bedankte sich und trank es in einem Zug aus.

"Für uns ist es sehr schwierig, die Guten von den Bösen zu unterscheiden", sagte der Colonel und sah Valerie erwartungsvoll an.

"Wie bei Aschenputtel?" schob er hinterher, als er keine Reaktion von Valerie erhielt. *"Die Guten ins Töpfchen - die schlechten ins Köpfchen..."*

"Ins Kröpfchen", sagte Valerie.

"What do you mean?" fragte der Colonel.

"Es heißt <ins Kröpfchen> und nicht ins< Köpfchen>", korrigierte Valerie.

Der Colonel lachte ebenso wie Captain Brown, was Valerie erstaunte, da der Captain doch kein Deutsch konnte.

Valerie fiel mit ein in das Lachen der beiden Männer und ein wenig wich ihre anfängliche Beklommenheit.

Der Colonel wurde wieder ernst und fuhr mit seinen Ausführungen fort.

"Wenn wir den Menschen in Germany glauben würden, dann hätte es gar keine Nazis gegeben; isn't it?"

Valerie gab keine Antwort und ihre scheinbar abgelegte Beklommenheit kam wieder in vollem Umfang zurück. Sie überlegte krampfhaft, warum sie vor diesem Mann saß und was dieser von ihr wollte.

"Ich weiß, dass Ihre Familie keine Nazis waren, und ich weiß auch, dass Ihr Vater ein ehrenwerter Offizier war."

Jetzt verstand Valerie überhaupt nichts mehr. Was wusste dieser Mann von ihrer Familie und vor allem von ihrem Vater.

"Colonel Justus von Hergenroth war ein untadeliger Offizier, der von den Nazis an die Ostfront versetzt wurde, weil er den Mut hatte Dinge beim Namen zu nennen, welche zwar der Wahrheit entsprachen, jedoch nicht ausgesprochen werden durften.

Allein seinen militärischen Verdiensten und seinen hohen Auszeichnungen war es zu verdanken, dass er nicht an die Wand gestellt wurde.

Er kam auch an der Ostfront den ihm gegebenen Befehlen nach und war bis zu seinem Tod ein Vorbild an Tapferkeit und Loyalität.

Die Gräueltaten, welche indessen in der Heimat geschahen, erreichten ihn nicht. Ich bin sicher, er hätte sich dem Widerstand angeschlossen wie einige seiner anderen aufrechten Kameraden."

Valerie saß mit offenem Mund da. Was sie gerade erfahren hatte, ergab eine völlig neues Bild als das, was sie bisher von ihrem Vater hatte.

Sie wusste bisher nur, dass ihr geliebter Papa gefallen war. Über die näheren Umstände wusste sie bis gerade eben noch überhaupt nichts.

"Woher wissen Sie das alles?" fragte sie mit großen Augen, und der Colonel lächelte sie einfach nur an.

"Jetzt passen Sie einmal gut auf, liebe Miss Hergenroth, was ich Ihnen zu sagen habe.

Demnächst stehen in Ihrer Stadt die Wahlen für das Bürgermeisteramt an. Und ich möchte, dass Sie kandidieren!"

Valerie wäre beinahe vom Stuhl gefallen, als sie das hörte. Sie streckte das leere Wasserglas, welches sie immer noch fest umschlossen in ihren Händen hielt, wortlos Captain Brown entgegen.

Eigentlich wollte sie den Offizier bitten ihr das Glas nachzufüllen; sie bekam jedoch keinen Ton heraus.

Captain Brown verstand die Geste auch so. Als er zum Wasserhahn ging, griff Colonel Bradley in die Seitentür seines Schreibtisches und holte eine Flasche Whisky hervor.

"Möchten Sie vielleicht etwas Stärkeres?" fragte der Colonel; aber Valerie schüttelte heftig mit dem Kopf und griff wie eine Ertrinkende zum Wasserglas.

Sie leerte es erneut mit einem Zug und sagte dann völlig aufgeregt: *"Wissen Sie, wie alt ich bin?"*

"Sweet twenty-four, my dear", antwortete der Colonel, *"I'm right, am I not?"*

"Yes, Sir," antwortete Valerie, *"you are right."*

"Das Alter sagt nicht viel über einen Menschen aus, my dear, sein Charakter schon", sagte Colonel Bradley und sah Valerie liebevoll dabei an.

Valerie begann Sympathie für ihr Gegenüber zu empfinden. Der Colonel wirkte auf den ersten Blick zwar streng und unnahbar; aber es ging auch etwas Gütiges, ja fast Väterliches von ihm aus.

"Ich kann mir nicht vorstellen, dass die bayrische Bevölkerung eine Fremde und zudem noch aus dem Norden Deutschlands kommende, viel zu junge Frau zur Bürgermeisterin wählen würde", sagte Valerie mit fester Stimme.

"Das lassen Sie ruhig unsere Sorge sein."

Es war nicht der Satz an sich, welcher Valerie fast vom Stuhl fallen ließ, sondern aus welchem Mund er kam.

Valerie riss den Kopf herum und starrte Captain Brown an, welcher seitlich von ihr am Fenster stand.

"Sie sprechen ja deutsch!" rief sie entsetzt. *"Und sogar akzentfrei..."*

"Ja, Fräulein von Hergenroth", antwortete Captain Brown, und er überraschte Valerie ein weiteres Mal, weil er sie mit ihrem vollen Namen angesprochen hatte.

"Captain Brown wird Ihnen das später erklären", ergriff der Colonel wieder das Wort.

"Miss Hergenroth, darf ich Sie Valerie nennen?"

Valerie nickte.

"Listen, Valerie! Wollen Sie uns helfen Ordnung in diese Stadt zu bringen und damit zu verhindern, dass seedy elements...- wie sagt man in Deutsch?"

"Zwielichtige Elemente", kam Captain Brown dem Colonel zu Hilfe.

"Dass solche Leute etwas zu sagen oder zu entscheiden haben?" beendete Colonel Bradley seine Frage.

"Glauben Sie wirklich, dass ich dazu fähig wäre?" fragte Valerie.

"Yes, my dear. I believe that!"

Valerie saß eine geraume Weile bewegungslos da, bevor sie antwortete:

"Wenn Sie mich wirklich dazu für fähig halten das Amt eines Bürgermeisters auszuüben, und wenn ich mit Ihrer vollen Unterstützung rechnen kann, dann würde ich mich zur Verfügung stellen."

"You are a remarkable, young lady, miss Hergen-roth", sagte Colonel Bradley, der hinter seinem

Schreibtisch hervor gekommen war und Valerie die Hand schüttelte.

"Wie soll das funktionieren mit Plakaten und so?" fragte Valerie. *"Ich habe ja kein Geld für so etwas."*

"Das lassen Sie ruhig unsere Sorge sein", wiederholte abermals der Colonel lachend, *"darum kümmert sich die U.S. Army."*

Valerie lachte verhalten mit. Sie schaute auf das Bild an der Wand hinter dem Schreibtisch des Colonels. Es zeigte Dwight D. Eisenhower, den Supreme Commander der <Supreme Headquarters, Allied Expeditionary Force in Europa>.

Ihr war, als würde dieser gütig lächelnde, ältere Herr, der ein paar Jahre später der 34. Präsident der Vereinigten Staaten werden sollte, ihr aufmunternd zulächeln.

"Wissen Sie, wer das ist?" fragte der Colonel, der Valerie beobachtet hatte, welche wie gebannt auf das Bild starrte.

Valerie verneinte und Colonel Bradley sagte voller Stolz:

"Das ist mein Boss, General of the Army and Military Governor Dwight D. Eisenhower."

Valerie zeigte sich beeindruckt und dokumentierte dies auch mit einem dezenten <Aha>.

"Alles weitere wird Ihnen Captain Brown mitteilen. Ich wünsche Ihnen viel Erfolg!"

Mit diesen Worten erklärte Colonel Bradley das Gespräch für beendet. Er ging zurück zu seinem Schreibtisch, setzte sich nieder und widmete seine Aufmerksamkeit einem vor ihm liegenden Schriftstück.

"Kommen Sie, Fräulein von Hergenroth", sagte Captain Brown und führte sie hinaus.

"Ich denke, Sie müssen mir jetzt einiges erklären", sagte Valerie in einem leicht vorwurfsvollen Ton.

"Das muss ich wohl, Miss Valerie", antwortete der Captain mit einem Lächeln, *"aber nur, wenn Sie mit mir in das Coffeehouse gehen."*

"Damit sie den armen Ober wieder beschimpfen können?" antwortete Valerie, und sie meinte das durchaus ernst.

"Nein - versprochen", erwiderte Captain Brown, *"ich werde dem Mann nichts tun."*

"Also gut", sagte Valerie und lächelte. Sie begann für diesen Mann Sympathie zu entwickeln, und sie war schon sehr auf die Geschichte gespannt, welche ihr der geheimnisvolle Mann zu erzählen hatte.

Derselbe Ober, welcher noch vor nicht allzu langer Zeit das zweifelhafte Vergnügen hatte Captain Brown zu bedienen, hatte auch heute wieder Dienst.

"Was darf ich den Herrschaften bringen?" fragte er, den Blick ängstlich auf den Mann in Uniform gerichtet.

"Das ist für Sie", sagte Captain Brown und hielt dem Ober zwei Päckchen Lucky Strike entgegen.

Der Ober wurde blass und nahm mit zittriger Hand das kostbare Geschenk entgegen. Amerikanische Zigaretten waren in diesen Zeiten höchst begehrt.

Unfähig zu sprechen, nickte der Ober voller Dankbarkeit. Er verstand gerade die Welt nicht mehr. Erst das Sprachenwunder und dann noch das Geschenk...

"Was für Kuchen haben Sie heute?" fragte der Captain.

"Frischen Zwetschkenkuchen und Frankfurter Kranz", antwortete der Ober.

"Dann bringen Sie uns zwei Kaffee und zweimal Zwetschkenkuchen", sagte Captain Brown und schaute dabei zu Valerie, um ihre Zustimmung zu erhalten.

"Ist das o.k. für Sie?" fragte er und Valerie nickte.

Als der Ober das Gewünschte gebracht hatte und die ersten Bissen verzehrt waren, begann Captain Brown mit seiner Lebensbeichte.

"Ich hoffe, Sie sind mir nicht mehr böse, liebe Valerie", sagte er und schaute Valerie mit einem liebevollen Blick an.

"Nein, Captain Brown", antwortete Valerie, *"ich bin Ihnen nicht böse; ich war nur erstaunt und etwas verwirrt."*

"Da bin ich aber froh", sagte Captain Brown und fuhr fort:

"Zunächst möchte ich Sie bitten mich nicht Captain Brown zu nennen; nennen Sie mich bitte <Jo>!"

"Das will ich gern machen, Jo", antwortete Valerie.

"Ich wurde in dieser Stadt als Josef Braun geboren. Mein Vater besaß ein Bekleidungsgeschäft, das - zusammen mit dem Wohnhaus am Stadtrand - von den Nazis enteignet wurde.

Meine Mutter war Jüdin und wurde von den Nazis in ein KZ gesteckt, wo sie auch verstorben ist. Mein Vater hatte mich vorher zu Verwandten meiner Mutter nach Amerika geschickt.

Ich habe ihn nie wieder gesehen. Obwohl er von arischer Herkunft war, haben ihn die Deutschen an die Ostfront geschickt, von wo er nicht mehr zurück gekommen ist.

Ich wuchs in Astoria, einer Kleinstadt im Staate Oregon auf. Das ist im Nordwesten von Amerika. Astoria liegt am Columbia River. An seinem Ufer habe ich mit meinem Cousin und meinen Cousinen gespielt. Meine Tante Rose und mein Onkel Thomas haben sich liebevoll um mich gekümmert und mich großgezogen.

Vom Tod meiner Eltern habe ich erst sehr spät erfahren. Der Bruder meiner Mutter, Onkel Thomas hat es mir erst gesagt, als ich schon erwachsen war.

Als Amerika dann in den Krieg gegen Hitler-Deutschland eingetreten ist, war es keine Frage für mich, dass ich mich freiwillig gemeldet habe.

Ich wollte den Menschen, die mich meiner Familie beraubt hatten, Auge-in-Auge gegenüber treten. Und ich war voller Hass, als ich deutschen Boden betrat.

Seit ich jedoch dich getroffen habe, fällt es mir schwer meinen Hass aufrecht zu halten.

Sorry, Valerie, dass ich Sie geduzt habe. Bitte, verzeihen Sie!"

"Das macht nichts, Jo, von mir aus können wir gern dabei bleiben."

Valerie erschrak. Was sie da gerade gesagt hatte, war ihr ohne große Überlegung über die Lippen gerutscht. Sie errötete.

"Das freut mich sehr, liebe Valerie", sagte Jo. Er hatte ihre Hand ergriffen und hielt sie fest in der seinen. *"Ich freue mich sehr, dass wir uns getroffen haben."*

"Ich freue mich auch", antwortete Valerie.

"Hast du noch etwas Zeit?" fragte Captain Jo.

"Ja", antwortete Valerie.

"Das ist fein, ich möchte dir nämlich etwas zeigen", sagte Jo, rief nach dem Ober und beglich die Rechnung. Dann verließ er mit Valerie das Kaffeehaus, jedoch nicht ohne dem Ober noch vorher ein fürstliches Trinkgeld zu geben.

Und Friedrich Brieslinger, wie der Herr Ober mit Namen hieß, änderte ab diesem Tag seine Haltung gegenüber der amerikanischen Besatzungsmacht.

****

Ferdl Hirlinger fühlte sich nicht sehr wohl, als ihn der Wärter mit den Worten <*Du hast hohen Besuch, Hirlinger*> aus seiner Zelle holte.

Und als er den Colonel erblickte, der an einem Tisch mit einer ausgebreiteten Akte saß, wurde ihm sehr mulmig.

"Setzen Sie sich!" sagte der Mann in Uniform, und den Ton, den er dabei anschlug, vermochte der Gefangene Hirlinger nicht richtig einzuordnen.

Der Herr Colonel sah seinem Gegenüber eine Zeit lang ins Gesicht, dann starrt er wieder in seine Akte. Dieser Vorgang wiederholte sich noch ein paar Mal, bevor der Colonel zu sprechen begann.

"Mister Hirlinger!"

Als Ferdl Hirlinger dies hörte, wurde ihm fast schwarz vor Augen. Er kannte seit vielen Monaten nur die Anrede "Nazischwein, Sauhund, Verbrecher", und wenn es einmal gut lief, dann auch schon einmal einfach nur "Hirlinger".

Aber <Mister>, also Herr Hirlinger, das konnte nichts Gutes bedeuten.

"Ich habe hier Ihre Akte vor mir liegen, und was ich da zu lesen bekomme, das gefällt mir nicht wirklich", setzte der Colonel seine Ansprache fort, *"das ist sehr, sehr übel."*

Einen kleinen Augenblick lang spielte Ferdl Hirlinger mit dem Gedanken den Colonel darauf hin zu weisen, dass er ja nur ein Mitläufer gewesen wäre, und dass er voller Dankbarkeit sei, dass die Amerikaner, zusammen mit ihren Verbündeten, die Deutschen von den Gräueln der Nazis befreit hätten. Er ließ es aber sein...

"Sie erwartet ein Prozess mit einem Ausgang, der nichts Gutes für Sie verheißt."

Ferdinand Hirlinger schluckte, zumal im Gefängnis die Nachricht umher geisterte, dass man schon einige Nazis gehängt hätte.

"Aber ich habe auch eine gute Nachricht für Sie, Mister Hirlinger", fuhr der Colonel fort, *"Ihre Nichte wird für das Amt des Bürgermeisters kandidieren."*

Jetzt haute es den Häftling Hirlinger beinahe vom Stuhl. Eine Frau als Bürgermeister und dann noch die Tochter seiner Schwester Apollonia.

"Sie meinen meine kleine Nichte Valerie, Herr Offizier?" wollte Ferdl Hirlinger sicher gehen.

"Natürlich", antwortete Colonel Bradley mit einer gewissen Schärfe in seinem Tonfall, *"oder spreche ich chinesisch, Häftling Hirlinger?"*

"Nein, Herr Offizier", antwortete Ferdinand, der bei der Bezeichnung <Häftling Hirlinger> zusammen gezuckt war. Hatte er es sich vielleicht gerade durch seine unbeholfene Frage mit dem Offizier verscherzt?

"Und außerdem heißt es nicht <Herr Offizier> sondern Colonel. Habe Sie das verstanden?" legte Colonel Bradley nach.

Und wieder hatte die Schärfe des Tonfalls ein wenig zugenommen.

"Jawohl, Herr Körnel!" rief Ferdl Hirlinger laut. Er war aufgesprungen und hatte Haltung angenommen. Nicht nur, dass er dabei die Hacken zusammen geschlagen hatte, war er auch noch nah dran die Hand zum Deutschen Gruß zu erheben. Aber ein äußerst gewogener Schutzengel musste ihn wohl davor bewahrt haben.

"Setzen Sie sich wieder hin", herrschte ihn der Colonel an, *"und reißen Sie sich zusammen!"*

"Jawohl", sagte Ferdinand Hirlinger kleinlaut und nahm wieder Platz.

"Also", startete der Colonel einen weiteren Versuch, *"ich bin Colonel James Walter Bradley von der U.S. Army, und ich bin verantwortlich für die Befriedung dieser Stadt and for the whole Area. Haben Sie das verstanden, Mister Hirlinger?"*

Ferdinand vernahm diese Worte mit größtem Wohlwollen. Der Colonel nannte ihn wieder <Mister>, er hatte ihm offensichtlich verziehen.

"Jawohl, Herr Körnel", antwortete Ferdl Hirlinger freudig. Nur dieses Mal ohne Hacken zusammen schlagen und im Sitzen.

"Also, noch einmal: Ich, bzw. die U.S. Army möchte, dass Ihre Nichte, Miss Hergenroth, Bürger-

meister wird und Sie, Mister Hirlinger, werden mir dabei helfen. Haben Sie das verstanden?"

Und wieder ertönte ein lautes, fröhliches <Jawohl>.

Das Befinden des Häftlings Hirlinger nahm gerade eine wunderbare Wandlung vor. Er spürte einen leichten Aufwind, welcher seine Seele sanft umspülte.

"Ich werde alles in meiner Macht Stehende dafür einsetzen, Herr Körnel", sagte er laut und er strahlte dabei über das ganze Gesicht.

"Ich habe nichts anderes von Ihnen erwartet, Mister Hirlinger", sagte der Colonel und strahlte ebenfalls.

"Dazu müsste ich aber das Gefängnis verlassen können", versuchte Ferdinand Hirlinger sein Glück, was aber leider nicht funktionierte.

"Das wird nicht nötig sein, my friend", sagte der Colonel, *"Sie machen mir eine Liste der Personen, die hilfreich sein können, und ich werde sie Ihnen vorbei schicken."*

"Sie meinen hierher?" fragte Ferdinand Hirlinger und der Colonel bejahte seine Frage.

"Hatte der Körnel nicht gerade <Frend> zu ihm gesagt", fragte sich Ferdinand Hirlinger und er mutmaßte, dass es wohl <Freund> hätte heißen sollen.

Aber weil die meisten Amis ja nicht gescheit Deutsch reden können, hätte er eben <Frend> statt <Freund> gesagt.

"So machen wir das", bekräftigte Ferdinand Hirlinger den Vorschlag seines neuen Freundes, dem Herrn Körnel.

"Ich werde noch heute veranlassen, dass Ihre Familie sie besuchen darf. Und Sie machen mir bis morgen eine Liste."

"Das mache ich, Herr Körnel und vielen Dank!" sagte ein überglücklicher Ferdinand Hirlinger. Und beinahe hätte er noch *<mein Freund>* hinzugefügt.

****

"Wo fahren wir denn hin?" fragte Valerie von Hergen-roth. Sie saß im offenen Jeep neben Captain Brown und der Fahrtwind wirbelte ihre Locken auf.

"Sei nicht so ungeduldig, my dear", sagte der Captain,*" wir sind gleich da."*

Als sie am Stadtrand ankamen, hielt Jo Brown einige hundert Meter weiter an. Sie standen vor einem schönen Haus, etwas von der Straße zurück gesetzt, mit einem großen Garten dabei.

"Das wird deine neue Dienstwohnung. In ein paar Wochen kannst du hier einziehen."

Valerie musste lachen. *"Das geht nicht"*, sagte sie.

"Und warum nicht, gnädiges Fräulein?" fragte Jo Brown belustigt.

"Weil das Haus viel zu groß für mich ist, und weil ich keine Möbel habe und auch kein Geld mir welche zu kaufen."

"Du hast recht", sagte Jo Brown mit einem feinen Grinsen, *"es ist sehr groß. Aber wer sagt denn, dass du für immer allein da drin wohnen musst?"*

Valerie schaute Jo mit ernster Miene an, und als sie etwas sagen wollte, kam ihr Jo zuvor:

"Und was die Möbel betrifft, so stellt diese die U.S. Army zur Verfügung, und du darfst sie dir sogar selbst aussuchen."

"Ich fühle mich gerade wie Cinderella", sagte Valerie, *"so viel Schönes habe ich schon lange nicht mehr gehört."*

"Dann nimmst du an?" fragte Jo voller Freude.

"Aber das Haus gehört doch jemandem oder etwa nicht?" äußerte Valerie ihre Bedenken.

"Das stimmt", antwortete Jo. *"Vor dem Krieg gehörte es der Familie Eduard Braun, während des Krieges wohnte ein Nazibonze mit seiner Familie darin und jetzt, nach dem Krieg, gehört es mir. Es ist mein Elternhaus."*

Während Jo Brown das sagte, wurde er sehr ernst. Er sah zu dem Haus hin, und er sah den kleinen Josef Braun mit Hannibal, seinem Kaninchen, im Garten sitzen. Tränen stiegen in ihm auf und liefen über sein Gesicht.

Valerie hatte die Gemütsveränderung bemerkt.

"Was ist dir, mein Lieber?" fragte sie und Jo antwortete:

"Es sind nur Erinnerungen und sie sind wunderschön; aber sie tun auch sehr weh."

Valerie umarmte Jo. Sie empfand Mitleid mit diesem Mann, der ihr noch vor nicht allzu langer Zeit völlig fremd war, und bei dem sie gerade im Begriff war sich in ihn zu verlieben.

"Es tut mir so leid, mein Liebster, dass du auf so schmerzliche Weise mit der Vergangenheit konfrontiert wirst", sagte Valerie und dann küsste sie ihn.

Jo erwiderte ihren Kuss und sagte dann:

"Es muss dir nicht leid tun; denn ich stehe mit der Frau, die ich liebe, vor meinem Elternhaus, und ich bin glücklich."

"Möchtest du hinein gehen?" fragte Jo.

"Nur wenn du das auch möchtest", antwortete Valerie.

"Eigentlich nicht", antwortete Jo, *"mir wäre lieber, ich würde das Haus erst dann wieder betreten, wenn die Spuren der Vergangenheit endgültig beseitigt worden sind."*

"Das finde ich gut. Ich freue mich jetzt schon darauf dein Elternhaus zu betreten, wenn der braune Mief hinaus gelüftet ist", sagte Valerie und gab Jo noch einen dicken Kuss.

****

"Wie geht es dir denn?" fragte Sophie Hirlinger ihren Ferdl, und noch bevor er darauf antworten konnte, fuhr sie fort:

"Mein Gott, wie dünn du geworden bist. Bekommst du nicht genug zu essen?"

Beim Anblick des Inhaftierten mussten Zweifel aufkommen, ob die Frage nach der ungenügenden Nahrungsaufnahme ihre Berechtigung hatte.

Zugegebenermaßen konnte man erkennen, dass der Leibumfang geringfügig abgenommen hatte, aber der Blick hinunter auf seine Schuhspitzen war dem Ferdl noch immer verwehrt.

"Schmarrn", sagte Ferdinand Hirlinger, *"es geht mir gut. Dafür sorgt schon mein Freund, der Herr Körnel."*

"Was für ein Herr Körnel?" fragte Sophie, um sich dafür die nächste verbale Zurechtweisung einzukassieren.

"Das verstehst du nicht, Weib", herrschte der Ferdl sein Eheweib an, *"das ist hohe Politik."*

Ferdinand sah damit die Konversation mit der Gattin als beendet an und wandte sich seiner Schwester Apollonia zu.

"Hör gut zu, Schwester", sagte er bestimmt und mit dem notwendigen Ernst, *"wir Hirlingers sind bald wieder wer."*

"Wie meinst du denn das?" fragte Apollonia, die um die anstehende Bürgermeisterwahl wusste und daher mit zynischem Ton fragte:

"Wirst vielleicht demnächst entlassen und zum Bürgermeister gewählt?"

"Nein, du dumme Kuh", antwortet Ferdinand Hirlinger, *"ich nicht, aber deine Tochter."*

"Spinnst denn du total?" sagte Apollonia und ihre Stimmer überschlug sich dabei.

"Du wirst gleich eine fangen!" drohte Ferdinand Hirlinger seiner Schwester an, und er hatte fürsorglich schon einmal seinen Arm erhoben. *"Wie sprichst du denn mit deinem Bruder?"*

"Ist schon gut", beschwichtigte Apollonia, die schon als Mädchen ab und an die Gewaltbereitschaft des älteren Bruders zu spüren bekommen hatte.

"Meine Nichte wird für das Amt des Bürgermeisters kandidieren, und du wirst sie aus Leibeskräften unterstützen."

"Niemals!" schrie Apollonia voller Wut; denn ihr Hass auf Valerie war in diesem Augenblick stärker als die Angst vor ihrem Bruder.

"Auch gut", sagte Ferdinand Hirlinger, *"keiner will dich dazu zwingen."*

Apollonia wurde von dieser Reaktion völlig überrascht; aber nur so lange, bis der Ferdl seinem Eheweib folgende Instruktion erteilte:

"Du gehst jetzt mit dieser undankbaren Kuh nach Hause. Dort packt sie ihre Siebensachen und verlässt augenblicklich das Haus. Diese Frau ist nicht länger meine Schwester."

Apollonia erblasste für einen kurzen Moment, dann wechselte sie ihre Gesichtsfarbe in wütend-rot.

"Das wagst du nicht!" schrie sie.

Ferdinand Hirlinger lachte laut.

"Wer soll mich denn davon abhalten? Das Haus, die Fabrik, das gehört alles mir. Du bist ebenso geduldet wie meine Sophie; vergiss das nicht!"

Jetzt schluckten sie beide: Apollonia gleichwohl wie auch Sophie, welche solches nie von ihrem Ferdl erwartet hätte. Sie sagte sich, dass der Aufenthalt im Gefängnis den Gatten wohl verändert habe. Und auch die schlechte Kost.

"Was ist jetzt? Auf was wartet ihr noch? Schleicht euch endlich!"

Ferdinand Hirlinger war zur Höchstform aufgelaufen. Jetzt war er wieder voll der alte.

"Jetzt warte halt einmal", kam es zaghaft aus dem Mund der schaumgebremsten Apollonia, *"wir haben doch immer über alles reden können."*

"Da gibt es nichts mehr zu reden", kostete Ferdinand Hirlinger sein Machtgefühl aus, *"du verweigerst dich mir und meiner Nichte. Du entehrst die Familie."*

Apollonia hatte an diesem starken Tobak schwer zu kauen. Ihr war bewusst, dass sie dem Untergang geweiht wäre, käme es tatsächlich zum Äußersten, und sie müsste die Zuflucht bei ihrem Bruder verlassen. Es gäbe weit und breit keine Menschenseele, bei der sie Unterschlupf finden könnte.

"Ich war vorhin etwas voreilig; lass uns reden, Bruder!"

Bruder Hirlinger saß da und schwieg. Apollonia wurde gerade von einem heftigen Schweißausbruch heimgesucht. Ihr war, als läge sie auf der Guillotine und wartete, dass das Fallbeil auf ihr Haupt darnieder sauste.

"Dann will ich noch einmal Gnade vor Recht ergehen lassen", drang es gönnerhaft aus dem Munde des Familienoberhauptes. *"Aber glaube mir, Schwester, das ist das letzte Mal."*

"Ich danke dir, Ferdl, das werde ich dir nie vergessen."

Damit war das Possenspiel beendet und Ferdinand Hirlinger kam nun zum wesentlichen Teil der Unterredung:

"Wenn wir es schaffen, dass Valerie zur Bürgermeisterin gewählt wird, dann sitzen wir Hirlingers wieder fest im Sattel. Ein guter Draht zu den Amis kann uns so manche Tür öffnen, die bisher verschlossen war.

Und deshalb müssen wir Himmel und Hölle in Bewegung setzen, dass unsere liebe Valerie die Wahl gewinnt. Deine Aufgabe, liebe Schwester, wird sein in unserem Betrieb die Werbetrommel für deine Tochter zu rühren.

Und du, Sophie, wirst sie dabei unterstützen!"

Die beiden Frauen schworen hoch und heilig der Aufforderung des Familienoberhauptes Folge zu leisten. Apollonia, weil sie keine andere Wahl hatte, und Sophie, weil sie ihren Ferdl doch so sehr liebte.

****

Nur wenige Tage nach dem Besuch der beiden Damen, stand erneut Besuch vor dem Gefängnistor. Es handelte sich um die <Großkopferten> der Stadt, genauer gesagt um die Personen, welche noch bis vor einiger Zeit wesentlichen Einfluss auf das Leben der Bürger hatten.

Hier die Namen in alphabetischer Reihenfolge:

Bacher Manfred, Schweinezüchter - *Blunzn-Fredi*
Eichinger Hans, Tischlerei und Sägewerk - *Holzwurm*
Feuchtinger Karl, Druckerei - *Gutenberg*
Huber Aloisius, Brauereibesitzer - *Bier-Loisi*
Moshammer Georg, Elektromeister- *Elektro-Schorsch*
Perlinger Heinrich, Bauunternehmer - *Beton-Heini*

Zusammen mit dem Hirlinger Ferdl bildeten sie die <Glorreichen Sieben> der Stadt.

"Liebe Freunde", begrüßte Ferdinand Hirlinger die versammelten Spezis, *"ich danke euch, dass ihr heute alle so zahlreich erschienen seid."*

"Red nicht so geschwollen daher", unterbrach ihn Beton-Heini, *"und sag schon, was du willst."*

"Na, na, meine Herren", erklang eine Stimme aus dem Hintergrund. Es war Colonel Bradley, der unbemerkt in den Raum getreten war.

Bei dem Raum, in welchem Ferdl mit seinen Spezis versammelt war, handelte es sich um die Gefängnisbibliothek.

"Sie befinden sich hier nicht im Münchner Hofbräuhaus, sondern an einem Ort des Geistes, und ich möchte Sie bitten sich angemessen zu verhalten.

Was Ihnen Mister Hirlinger zu sagen hat, ist von äußerster Wichtigkeit für Sie und für die U.S. Army. Also hören Sie ihm bitte mit größter Aufmerksamkeit zu!"

Das hatte gesessen. Die <Glorreichen Sieben> sackten leicht in sich zusammen, war ihnen doch sehr daran gelegen diesen Ort unbeschadet wieder verlassen zu können.

"Ich werde Sie jetzt wieder allein mit Mister Hirlinger lassen, in der Hoffnung auf eine fruchtbare Unterhaltung und entsprechende Ergebnisse."

Colonel Bradley verließ den Raum und Mister Hirlinger fuhr mit seinen Ausführungen fort. Die Ruhe hielt jedoch nicht lange an.

Als Ferdinand Hirlinger den Namen seiner Nichte als kommende Bürgermeisterin ins Spiel brachte, entstand Tumult.

"Ham dir die Amis ins Hirn g'schissen?" fragte Elektro-Schorsch aufgebracht, *"a Preißin als Bürgermaster in Bayern?"*

Und der Bier-Loisi sagte unterstützend:

"Vorher steigt der Kini wieder aus dem See und setzt sich auf seinen Thron."

Dieser Ausspruch wurde von großer Heiterkeit der Versammelten begleitet.

Ferdinand Hirlinger sah dem Bier-Loisi mit ernster Miene lange ins Gesicht. Dann fragte er ihn:

"Wem g'hört der Ochsen?"

"Dem Angerer Franzl", antwortete der Bier-Loisi.

"Des is nur der Pächter, du Depp", korrigierte ihn Ferdinand Hirlinger und fuhr fort:

"Der Ochsen g'hört mir, genauso wie die Traube und der Löwen. Host mi?"

"Ja, des weiß a jeder", antwortete der <Bier-Lois> etwas zurückhaltender.

"Und mechast du weiter dei Bier an mi liefern?"

Aloisius Huber schrumpfte nach dieser elementaren Frage merklich zusammen. Er verzichtete darauf eine Antwort zu geben, lag sie doch klar erkennbar auf der Hand.

"Und was ist mit dir?" richtete Ferdinand Hirlinger die nächste Frage an Beton-Heini. *"Soll ich mir demnächst einen anderen Bauunternehmer suchen für meine künftigen Vorhaben?"*

Als er auch von Heinrich Perlinger keine Antwort bekam, wandte sich der <Pate vom Starnberger See> an die restlichen Spezis mit den bedeutsamen Worten:

"Wer nicht für mich ist, ist gegen mich, und gegen meinen Freund, Herrn Körnel Bradley!"

Das war ein rechter Paukenschlag. Die Schenkelklopferstimmung hatte sich mit einem Schlag verabschiedet und zurück geblieben waren sechs sorgenvolle Gesichter.

"Aber Ferdl, lieber Freund, des kannst doch net mocha" und andere, ähnliche Kommentare erfüllten nun den Raum.

Ferdinand Hirlinger blickte wie eine gekränkte Diva in die Runde und sagte dann:

"Wollt 's ihr mir nun helfen oder muss i mir neiche Freind sucha?"

"Natürlich helfen wir dir; schließlich sind mir ja alle am Wohle unserer Gemeinde interessiert."

"Brav, Burschen", sagte der Ferdl voller Genugtuung, *"das wollt ich hören. Also gemmas an!"*

Dann verteilte er die bevorstehenden Arbeiten für eine gelungene Wahlkampagne:

Holzwurm, du machst die Plakatständer.
Gutenberg, du druckst die Plakate.
Schorschi, du sorgst für Mikrofone und Lautsprecher.
Loisi, du stiftest ein paar Fässer Bier und stellst die Biertischgarnituren, und du, Manni, du spendierst jede Menge Schweinshaxen.

"Und was soll i nochher mocha?" fragte Beton-Heini voller Sorge, er könnte nicht mehr dazu gehören.

"Du sponserst unsere Wahlkasse", antwortete Ferdl zur großen Erleichterung des Bauunternehmers Heinrich Perlinger.

"Und noch eines zum Abschluss, meine Freunde", sagte Ferdinand Hirlinger, der sich schon lange nicht mehr so wohl gefühlt hatte, *"macht all euren Mitarbeitern, Familien und Freunden klar, bei wem sie am Wahlsonntag ihr Kreuz machen sollen.*

Nur so können wir wieder die blühende Gemeinde werden, die wir einmal waren. Und jetzt darf ich euch zu einer Brotzeit einladen, die uns mein Freund, Herr Körnel Bradley von der U.S. Army zur Verfügung gestellt hat."

"Darf man hier auch rauchen?" fragte Blunzn-Fredi und zückte seinen Tabaksbeutel.

"Du damischer Hirsch, damischer", herrschte ihn Holzwurm Eichinger an, *"sigst du net, wo mir san? Bücher, nix als Bücher. Die daderten brennen wie Zunder."*

Berthold Eichinger war der einzige von den sieben Spezis, der Abitur gemacht hatte. Bevor er studieren konnte, verunfallte der Vater und Berthold musste das Sägewerk und die Tischlerei übernehmen.

Blunzn-Fredi packte seinen Tabaksbeutel wieder weg und dann ließen es die <Glorreichen Sieben> richtig krachen. Leberkas, Brezn und Bier. Und viel Geschwafel.

Es war, als wäre Sonntag, und sie säßen nach dem Kirchgang im Gasthaus beim Frühschoppen beisammen. Nur dass halt nicht geraucht werden durfte.

Die Stimmung hatte bereits einen gewissen Pegel erreicht, als Colonel Bradley zu der fröhlichen Runde stieß.

"Gentlemen", sagte er in einem jovialen Ton, *"ich hoffe, Sie hatten ein gutes Gespräch und Sie sind zu einem ebenso guten Ergebnis gekommen. Und ich hoffe auch, es hat Ihnen alles gut geschmeckt."*

"Hat es, Herr Körnel", sagte Ferdinand Hirlinger, *"Sie können auf uns zählen; und zwar auf alle!"*

****

Holzwurm Eichinger ließ jede Menge Plakatständer fertigen, von der Kandidatin, Fräulein Valerie von Hergenroth, wurden Fotos gemacht und in der Druckerei Feuchtinger liefen die Maschinen heiß.

Nur wenige Tage später standen die ersten Plakatständer mit dem Konterfei von Valerie an jeder Straßenecke. Und in den Betrieben wurde eifrig dafür geworben die junge Frau auf den Plakaten zur Bürgermeisterin zu küren.

Als Valerie, obwohl eigentlich der evangelischen Konfession zugeordnet, den katholischen Gottesdienst besuchte, erlebte sie eine gewaltige Überraschung.

"Liebe Brüder und Schwestern", begann Hochwürden Klemens Brenner seine Predigt, *"unter uns befindet sich heute ein neues Gemeindemitglied, das ich herzlich willkommen heißen möchte. Es handelt sich um Fräulein Valerie von Hergenroth, die der Wind des Krieges zu uns geweht hat. Sie musste mit ihrer leider schon verstorbenen Großmutter und ihrer Mutter vor den Schrecknissen des Krieges fliehen, und sie hat bei der Familie Hirlinger eine Zuflucht gefunden.*

Fräulein von Hergenroth entstammt einer alten Offiziersfamilie. Ihr Vater ist leider im Kampf für sein Vaterland auf dem Feld der Ehre geblieben.

Die junge Frau ist gebildet und von einem feinen Charakter. Das ist auch schon der amerikanischen Militärregierung aufgefallen, welche das Ansinnen, Bürgermeisterin unserer Stadt zu werden, aus Leibeskräften unterstützt.

Auch ich, als Schäfer dieser Gemeinde, sage mit Freuden meine Unterstützung zu. Und so bitte ich euch, meine Schäfchen, nehmt Valerie von Hergenroth in eure Herzen auf als eine liebe Schwester vor dem Herrn. Ich werde euch nicht vorschreiben, wen ihr wählen sollt; aber ihr sollt wissen: meine Stimme gehört Valerie von Hergenroth."

In Valerie von Hergenroths Kopf begann sich alles zu drehen. Hatte sie gerade eine Vision oder durchlebte sie einfach nur einen Tagtraum.

Das Rätsel sollte sich wenige Tage später auflösen. Valerie erfuhr von Jo, dass die amerikanische Militärregierung der Kirche Mittel zugesagt hatte, um das desolate Kirchendach zu reparieren.

****

"Wie geht es voran?"

Mit dieser Frage beehrte Colonel Bradley den Häftling Hirlinger mit einem erneuten Besuch.

"Alles bestens, Herr Körnel", antwortete Ferdinand Hirlinger, *"die Wahl ist schon so gut wie gewonnen."*

"Das will ich hoffen, my friend", sagte der Colonel, *"auch in Ihrem Interesse."*

"Am kommenden Samstagabend findet in der Festhalle eine Wahlversammlung statt, und da werden wir den Sack zumachen", sagte Ferdinand Hirlinger.

"Den Sack zumachen?" fragte der Colonel ungläubig, *"what does it mean?"*

Ferdinand hatte zwar nicht wirklich verstanden, was der Colonel gesagt hatte, er konnte sich aber denken, was gemeint war.

"Es ist alles in trockenen Tüchern", startete er einen weiteren Versuch, und als der Ami wieder nur <Bahnhof> verstand, entschloss er sich für die Kurzform: *"Alles prima, alles o.k."*

Colonel Bradley beließ es dabei und sagte:

"Ich werde ihnen ein paar Jungs zum Musik machen vorbei schicken."

Jetzt befand sich der Hirlinger Ferdl in einer argen Zwickmühle. Bayrische Gemütlichkeit und Ami-Musik, das passte nicht zusammen.

Nur, wie sollte er das dem Körnel ausreden, ohne ihn zu beleidigen. Er wollte seinen mächtigen Freund nicht vergraulen. Er hatte mit dessen Hilfe schon so viel erreicht, und er hatte noch große Pläne mit ihm.

"Mister Körnel, Frend", begann er zaghaft, *"ich muss Sie etwas fragen."*

Ferdinand Hirlinger hatte ganz bewusst den Zusatz <Frend> gewählt, um eine lockere Atmosphäre zu schaffen. Dass die erwartete Wirkung nicht wirklich eintrat, entging ihm jedoch.

"What do you want?" fragte der Colonel, dem der wohlgemeinte Zusatz <Frend> leicht aufgestoßen war.

Das mangelte Feingefühl des Gefangenen Hirlinger verhinderte, dass es ihm die Sprache verschlug. Also fuhr er tüchtig fort:

"Kennen Ihre Musiker den Schmid-Marsch oder den Bayrisch Bier Brauer-Marsch?"

"Was ist das?" fragte der Colonel misstrauisch.

"Oder wie sieht es mit dem Tölzer Schützenmarsch aus, können sie den vielleicht spielen?"

Der Colonel gab keine Antwort und der liebe Ferdl startete einen allerletzten Versuch:

"Aber den Bayrischen Defiliermarsch, den kennen Sie schon, oder? Den kennt ja schließlich jedes Kind."

"Stop it!" rief der Colonel, *"ich verstehe überhaupt nichts."*

"Sehen Sie, das habe ich mir gedacht", sagte der Hirlinger Ferdl, *"Ihre Musiker können sicher gut spielen; aber eine echte Bierzeltmusi, des kennen's net."*

Der Colonel suchte enerviert das Weite und ließ einen mit sich und der Welt zufriedenen Ferdinand Hirlinger zurück. Auf dem Weg zurück in seine Zelle brummelte er vor sich hin:

"Diese Amis. Sie san zwar recht liab; aber a wengl komisch sans scho a."

****

Als die Schäflein mit gefalteten Händen und verklärtem Blick die Kirche verließen, standen Hochwürden und das Fräulein von Hergenroth am Ausgang, um die Gläubigen per Händedruck zu verabschieden.

Apollonia von Hergenroth hatte sich von hinten heran geschlichen und stand jetzt neben den beiden.

Die Kreitler-Zensi, ein vom Alter und der Natur deutlich gezeichnetes Weiblein, blieb vor Apollonia stehen und strahlte sie an.

"Kennst mi nimmer, Frau Gräfin", sagte die alte Frau mit zittriger Stimme, *"i bin 's, die Kreitlerin. I kenn di scho, wie du noch so a klans Zwergerl warst."*

Sie unterstrich ihre Worte, indem sie ihre Hand in Höhe ihres Bauchnabels hielt.

Apollonia, welche von der Situation überfordert schien, lächelte gequält. Der Herr Pfarrer, gleichwohl die umstehenden Leute, sahen Apollonia erwartungsvoll an.

Apollonia bekam schwitzende Hände. Sie wäre der Situation gern entkommen, wusste aber nicht wie. Endlich fasste sie sich ein Herz und antwortete der Frau:

"Geh, Schmarrn, freilich kenn i di, Kreitlerin. Nur dass i ka Gräfin net bin; i bin noch immer die Apollonia, eine von eich, und so derfst mi a weiterhin anreden."

"Na, na", antwortete die Kreitler-Zensi mit ernster Miene, *"du g'erst nimmer zu uns. Du hast jetzt einen Adel."*

Apollonias Gesicht verfärbte sich dunkelrot, so als hätte sie gerade eine drum Watschn bekommen. Und genauso fühlte sie sich auch.

Mit Tränen in den Augen entfernte sich Apollonia von der Menge. Sie verfluchte den Tag, an dem sie ihre Heimat verlassen hatte, um in der Fremde ihr Leben als eine Adlige zu fristen.

Sie hatte zu keiner Zeit dazu gehört, und man hatte sie das auch spüren lassen. Ihren Hass auf die Gesellschaft hatte sie auf Valerie übertragen.

In diesem Augenblock erkannte sie, dass sie ihrer Tochter über all die Jahre ein großes Unrecht angetan hatte, und in ihrem versteinerten Herzen begann ein kleines Pflänzlein zu wuchern, das man <Reue> nennt.

"Warte!" rief es hinter Apollonia her. *"So warte doch bitte, Mutter!"*

Apollonia zuckte zusammen. Hatte Valerie gerade <Mutter> gerufen? Apollonia blieb stehen und drehte sich um.

Als Valerie bei ihr angekommen war, berührte sie ihre Mutter sanft am Arm und sagte:

"Es tut mir so leid, was diese Frau gesagt hat. Ich weiß, das tut weh. Ich kenne das noch gut von der Schule. Zu mir haben die Kinder von nicht adeligen Eltern auch manchmal gesagt, dass ich nicht zu ihnen gehöre. Und wie gern hätte ich dazu gehört."

Apollonia von Hergenroth sah ihrer Tochter lange ins Gesicht. Und zum ersten Mal empfand sie ein warmes Gefühl, welches <Liebe> zu nennen, sie nicht dem Mut hatte.

"Das ist sehr lieb von dir, dass du das sagst. Verdient habe ich es nicht; aber es bedeutet mir sehr viel."

Sie streichelte Valerie kurz über die Wange, drehte sich um und ging abrupt von dannen.

Was Valerie nicht sehen konnte, war, dass ihre Mutter von einem Weinkrampf - als Zeichen tiefster Scham - erfasst wurde, welcher sie zu zerreißen drohte.

****

Der Regen prasselte auf das Dach des Jeeps, mit welchem Jo und Valerie nach München fuhren. Sie brauchten für die knapp dreißig Kilometer nur ein paar wenige Minuten.

"Warum fährst du mit mir nach München?" fragte Valerie ihren <Chauffeur>.

"Das kann ich dir nicht sagen, mein Liebling", antwortete Jo mit ernster Stimme, *"das ist eine geheime Kommandosache."*

"Kannst du mir nicht wenigstens einen kleinen Tipp geben?" insistierte Valerie.

"Na gut", sagte Jo und schaute vorsichtig nach allen Seiten, um sicher zu gehen, dass niemand sie belauschte.

"Es handelt sich um das Unternehmen <Hannibal>; aber mehr kann und darf ich dir nicht sagen."

"Hannibal?" fragte Valerie, *"hieß dein Hase nicht so?"*

"Pst! Nicht so laut!" sagte Jo und sah Valerie strafend an. *"Du bringst uns noch alle in Gefahr."*

Valerie musste lachen. Noch vor einiger Zeit hätte sie ausgeschlossen, dass dieser ernste, junge Mann jemals lachen könnte. Und nun führte er sich auf wie ein Kind beim Cowboy und Indianer Spielen.

Sie sah in sein strahlendes Gesicht und sie war glücklich. Und als hätte sich die Sonne von ihrem Jo anstecken lassen, drang sie plötzlich durch die Wolken und gebot dem Regen Einhalt.

"Ist das nicht ein herrlicher Tag?" fragte Valerie und beugte sich hinüber zu Jo, um ihm einen Kuss auf die Wange zu geben.

Zwei Stunden später war Valerie in das Geheimnis Unternehmen <Hannibal> eingeweiht.

Jo war mit ihr zu einem riesigen Möbellager gefahren, um die Möbel für sein Elternhaus auszusuchen. Außerdem noch Gardinen, Vorhänge, Tepiche und sonstige Accessoires, welche ein Wohnhaus erst wohnlich und behaglich machen.

Valerie ging über vor Freude. Es machte einfach einen Riesenspaß schöne Dinge auszusuchen, und Jo ließ ihr völlig freie Hand dabei.

Jedes Mal, wenn sie ihn um seinen Rat fragte, sagte er zu ihr:

"Du bist die Frau des Hauses, Honey, wenn es dir gefällt, gefällt es mir auch."

Die Fahrt durch die Stadt zeigte ein schreckliches Bild der Verwüstung. Fünfundsiebzig Prozent der Altstadt waren völlig zerstört.

Die Alliierten ließen ihrem Hass freien Lauf und setzten alles daran die <Hauptstadt der Bewegung>, wie man München auch nannte, völlig zu zerstören.

Es gab Stimmen, die erwogen München in seinen Trümmern ruhen zu lassen und ein neues München außerhalb zu bauen. Man hatte dabei an den Starnberger See gedacht.

Es ist dem damaligen Stadtbaurat, Karl Meitinger zu verdanken, dass Bayerns Landeshauptstadt an der Isar verblieb. Sein Motto lautete: "Wer die Hände in den Schoß legt, wird vom Leben überfahren."

"Jetzt haben wir uns aber einen Kaffee verdient", sagte Jo, als sie das Unternehmen <Hannibal> gut zu Ende gebracht hatten.

"Ja", antwortete Valerie, *"aber nicht hier. Der Anblick der zerstörten Häuser tut mir weh. Lass uns bitte ein Stück hinaus aufs Land fahren."*

****

Die Festhalle war bis auf den letzten Platz gefüllt. Die Seilschaft um den Hirlinger-Spezi hatte tolle Arbeit geleistet.

Colonel Bradley stand am Rednerpult und begrüßte namens der amerikanischen Militärregierung die deutschen Freunde.

Fräulein Hübner, die Lehrerin an der hiesigen Volksschule hatte mit den Kindern ein kleines Lied einstudiert, welches sie voller Inbrunst zu Gehör brachten.

Und der Heimatverein führte einen Volkstanz auf. Die Gruppe bestand überwiegend aus Frauen, da viele der früheren männlichen Mitglieder - dem Krieg geschuldet - jetzt in höheren Sphären tanzten.

Dann trat Valerie von Hergenroth ans Rednerpult. Ihre Wangen glühten vor lauter Aufregung, hatte sie doch noch nie vor so vielen Menschen gesprochen.

Jo hatte ihr bei der Vorbereitung ihrer Rede geholfen, und auch Apollonia ließe es sich nicht nehmen ihrer Tochter ein wenig Nachhilfeunterricht in Sachen bayrische Mentalität zu geben.

Valerie hatte den Zettel mit der vorbereiteten Rede vor sich liegen. Sie überlegte einen kurzen Augenblick, dann faltete sie ihn zusammen und hielt ihn in die Höhe.

"Sehr verehrte Damen und Herren, liebe Mitmenschen! Man hat mir bei der Vorbereitung meiner Rede geholfen, wofür ich mich herzlich bedanken möchte. Ich werde jedoch keinen Gebrauch davon machen."

Während Valerie ihren Zettel auf die Seite legte, ging ein Raunen durch die Menge. Man war sehr gespannt, was denn nun folgen würde.

"Ich war vor wenigen Tagen in München und habe das schreckliche Bild der Verwüstung gesehen", fuhr Valerie fort und schaute dabei in die Gesichter der versammelten Bürgerschaft.

"Ich war zutiefst betroffen, als ich sah, wozu der Hass der Menschen imstande ist. So etwas darf nie wieder passieren. Viele von Ihnen, die heute gekommen sind, haben liebe Menschen durch den Krieg verloren. Auch mir wurde der Vater genommen.

Umso wichtiger ist es, dass Schluss mit dem Töten und dem Zerstören ist. Wir wollen leben und wir wollen aufbauen. Die Vergangenheit ist tot; es lebe die Zukunft!"

Frenetischer Beifall setzte ein und die Blaskapelle intonierte, jedoch nur bedingt dazu passend,
<Ein Prosit der Gemütlichkeit>.

Valerie wollte zwar noch weitere Ausführungen
machen, aber die Blaskapelle hatte ihre Rede auf diese
ganz spezielle Art bereits beendet.

Aus dem Saal drang eine einzelne Stimme zu der
Rednerin herauf, welche <Valerie> skandierte, und
schon kurz darauf fielen andere mit ein, und wenig
später rief die versammelte bayrische Volksseele
lauthals: <Valerie, Valerie, Valerie...>

Es folgte nun der Höhepunkt der Veranstaltung.
Gestandene Weibsbilder mit ihren üppig gefüllten
Dirndln trugen Schweinshaxen mit Kraut auf.

Die Augen der versammelten Bürgerschaft
leuchteten wie die Berge beim Alpenglühen und der
wunderbare Klang klirrender Maßkrüge ward wie
liebliche Musik.

Am ersten Tisch vor der Bühne saßen Colonel
Bradley und Captain Brown mit seiner Valerie. Und
direkt daneben saß ihre Mutter Apollonia, flankiert
vom Herrn Pfarrer.

Der Nachbartisch war besetzt von Blunzn-Fredi,
Holzwurm, Bier-Loisi, Gutenberg, Elektro-Schorsch
und Beton-Heini mit ihren Familien.

Während das Fett der Schweinshaxen über die
Lefzen hungriger Mäuler rann, spielte die Blaskapelle

auf. Und als der Bayrische Defiliermarsch, also quasi die Nationalhymne, erklang, hielt es sogar den Colonel nicht länger zurück. Er klatschte kräftig in die Hände und sang: "Tam-tatara-tam-tatra, tam-tatatara-tatara-tamtam."

Indes Hochwürden sich hingebungsvoll seiner Schweinshaxn widmete und seinem wohlgeformten Körper weitere, wichtige Kalorien zuführte.

Und als die Maßkrüge zum wiederholten <Ein Prosit der Gemütlichkeit> gen Himmel gestreckt wurden, glich es, als wollten die gottesfürchtigen Menschlein ihrem Kini huldigen und ihn bitten, er möge weiterhin seine schützenden Hände über Land und Leute halten.

An diesem wunderbaren Tag gab es keinen, der nicht vor lauter Glückseligkeit schwelgte, außer vielleicht einem.

Ferdinand, Ferdl Hirlinger saß in seiner Zelle und weinte. Wie gern wäre er dabei gewesen. Und er hatte auch fest damit gerechnet, dass ihn sein Freund, der Herr Körnel dazu eingeladen hätte.

Aber leider, nein. Der Häftling Hirlinger musste diese bittere Enttäuschung hinnehmen, und er würde noch sehr lange Zeit daran zu knabbern haben.

****

Die letzten Sonnenstrahlen fielen auf das Elternhaus von Captain Jo Brown, vulgo Josef Braun. Die beiden Verliebten hatten im Inneren Kaffee getrunken und waren jetzt hinaus auf die Terrasse gegangen, um eine Zigarette zu rauchen.

Valerie, bis vor Monaten noch passionierte Nichtraucherin, hatte sich inzwischen auch dem <großen Duft der weiten Welt> hingegeben.

"Gefällt es dir, wie ich das Haus eingerichtet habe?" fragte sie plötzlich.

"Ich bin begeistert, Sweety", antwortete Jo und gab ihr einen Kuss. *"Du hast dem Haus wieder Leben eingehaucht; ich fühle mich sehr wohl darin."*

"Das freut mich", antwortete Valerie. Und nach einer längeren Pause fragte sie:

"Wie sind deine Pläne für die Zukunft?"

"Unsere Pläne, Darling", korrigierte Jo Valeries Frage, *"aber ich verstehe deine Frage nicht ganz."*

"Ich meine, was machst du später? Bleibst du hier oder gehst du zurück nach Amerika?"

"Das weiß ich nicht", antwortete Jo, *"ich weiß nicht, welche Pläne die Army mit mir hat."*

"Und was wird aus uns?" fragte Valerie und ihre Stimme klang ein wenig traurig.

"Jetzt verstehe ich dich, mein Liebling", antwortete Jo lachend, und er verwendete zum ersten Mal ein deutsches Wort, um seine Zärtlichkeit damit auszuschmücken.

"Wieso lachst du?" fragte Valerie.

"Weil ich gedacht hatte, dass dir klar ist, dass wir zusammen bleiben, egal was geschieht."

Valerie war sichtlich erleichtert. Sie schlang ihre Arme um Jo und drückte ihn mit aller Kraft.

"Hilfe, ich ersticke", rief Jo und Valerie hielt ihn weiter ganz fest an sich gedrückt.

"Lass mich bitte nie mehr allein", flüsterte sie und ihre Augen füllten sich mit Tränen.

"Warum weinst du, Honey?" fragte Jo und Valerie antwortete:

"Weil ich glücklich bin, so unendlich glücklich."

****

Der alles entscheidende Sonntag war gekommen. Der Himmel erstrahlte in bayrisch-blau, zersetzt mit kleinen, weißen Wolkenflicken, so, als hätte der Kini das Landeswappen in den Himmel gemalt.

"Ich hätte eine große Bitte an dich, Mama", sagte Valerie zu Apollonia. Die beiden Frauen waren sich in den vergangenen Wochen sehr nahe gekommen, was beide von Herzen freute.

"Was denn, mein Kind", fragte Apollonia.

"Ich würde gern an das Grab von der Omi gehen und ihr ein paar Blumen vorbei bringen, und ich würde mir wünschen, dass du mich begleitest."

"Das mach ich gern", antwortete Apollonia, *"und ich bin sehr froh darüber, dass du mich gefragt hast."*

"Danke Mama", sagte Valerie und gab ihrer Mutter zum ersten Mal in ihrem Leben einen Kuss. Es schnürte Apollonia den Hals zu, als ihr solches widerfuhr und Tränen stiegen in ihr auf.

Valerie war es nicht verborgen geblieben. Sie umarmte die Mutter, die immer wieder stammelte:

"Verzeih mir, mein Kind, bitte verzeih mir!"

Als die beiden Frauen später vor dem Grab der Großmutter standen, erlebte Valerie eine große Überraschung.

Auf dem Grab war eine kleine Marmortafel auf einem Sockel angebracht worden. Darauf stand:

*"Justus, Karl von Hergenroth *1891 +1942*
*Wilhelmine von Hergenroth *1869 +1946"*

Valerie sah ihre Mutter mit großen Augen an. Bevor sie fragen konnte, sagte Apollonia:

"Ich hoffe, du bist mir nicht böse, dass ich ohne zu fragen die kleine Tafel anbringen lassen habe."

"Nein, auf gar keinen Fall, Mama", antwortete Valerie, *"du machst mir damit eine große Freude"*.

Sie hatte die Hand der Mutter ergriffen und nun standen die beiden Frauen, die einen großen Teil ihres Lebens damit vergeudet hatten sich aus dem Weg zu gehen, in Liebe vereint vor dem Grab ihrer Verstorbenen.

Sie legten das Gebinde, welches sie mitgebracht hatten auf das Grab, verharrten noch eine Weile in stillem Gedenken und begaben sich dann zum Rathaus, um ihre Stimme für die Wahl des Bürgermeisters abzugeben.

Der Ausgang der Wahl war vorher zu sehen. Es gab zwar einen Gegenkandidaten, einen gewissen Herbert Drexler, von Beruf Gärtner und Querulant, den aber niemand so richtig ernst nahm.

Er prahlte zwar damit, dass er immer gegen die Nazis opponiert habe und deswegen sogar einige Monate in Haft saß; aber das bayrische Wesen stand schon immer zu seiner Obrigkeit und war zu allen Zeiten ein loyaler Untertan. Und so war sein Opportunismus nie wirklich richtig angekommen.

Als gegen Abend das Ergebnis feststand, war der Jubel groß und einem weiteren Anlass zum Feiern wurde mit Freude gehuldigt.

Valerie von Hergenroth wurde in einem feierlichen Rahmen die güldene Amtskette um den Hals gehängt, und dann gelobte sie - als erster weiblicher Bürgermeister - der Stadt eine treue Dienerin zu sein.

****

"Guten Morgen, Frau Bürgermeisterin!"

Elfriede Birnbaum, ein älteres Fräulein von zierlichem Wuchs, begrüßte Valerie, als diese bei der Tür herein kam.

Sie war die Vorzimmerdame und zugleich die Sekretärin der Bürgermeisterin. Elfriede Birnbaum lebte mit ihrer kranken Mutter zusammen, die schon seit vielen Jahren ans Bett gefesselt war.

"Darf ich Ihnen den Mantel abnehmen, Frau Bürgermeister?" fragte Elfriede Birnbaum und wollte schon danach greifen.

"Das ist nicht nötig, liebes Fräulein Birnbaum", antwortete Valerie, *"das mache ich schon selbst. Aber ein Kaffee wäre schön. Und bringen Sie für sich auch eine Tasse mit."*

Elfriede Birnbaum fühlte sich verunsichert ob dieser Einladung, fügte sich aber; denn nichts anderes war sie all die Jahre über gewöhnt.

Sie hätte sich niemals erdreistet dem Vorgänger der Frau Bürgermeister, einem gewissen Xaver Hintermoser, zu widersprechen.

Ein unguter Zeitgenosse, der von der braunen Brühe ins Amt geschwappt worden war, ausgestattet mit der Fähigkeit nach oben zu buckeln und nach unten zu treten.

Als die Amerikaner immer näher rückten und sich der Endsieg immer weiter entfernte, entfernte sich auch Xaver Hintermoser aus dem Amt und der Stadt.

Keiner hat je erfahren, was aus ihm geworden war. Es gab auch niemand, der ihm nachgeweint hätte.

"Wie geht es Ihrer Frau Mama?" fragte Valerie von Hergenroth, als Fräulein Birnbaum mit der Kaffeekanne und zwei Tassen herein gekommen war.

"Danke, recht gut", antwortete Fräulein Birnbaum verwirrt, *"eigentlich immer gleich."*

"Darf ich Sie fragen, was Ihrer Frau Mutter fehlt?"

Fräulein Birnbaum stockte. Sie fragte sich, wieso die Bürgermeisterin, eine Dame aus der Gesellschaft und auch noch von Adel sich für die Belange einer so unbedeutenden Person interessierte, wie sie es selbst und gleichwohl auch ihre Mutter war.

"Verzeihen Sie bitte, Fräulein Birnbaum", sagte Valerie, *"dass ich so indiskret war; es tut mir leid."*

"Nein, nein, Frau Bürgermeister", beeilte sich Fräulein Birnbaum zu sagen, *"das ist es nicht. Ich bin nur gerade etwas verwirrt, dass Sie sich für mich und meine Mutter interessieren."*

"Ist schon in Ordnung, liebes Fräulein Birnbaum", sagte Valerie, *"wir müssen nicht darüber reden, wenn es Ihnen unangenehm ist."*

"Doch, doch", beharrte nun das Fräulein Birnbaum, *"es wäre mir angenehm darüber zu reden. Natürlich nur, wenn ich Ihre kostbare Zeit nicht stehle."*

Valerie lächelte. Sei mochte diese kleine, unscheinbare Person. Sie hätte sich keine bessere Mitarbeiterin wünschen können.

Fräulein Birnbaum nahm noch einen kräftigen Schluck aus ihrer Kaffeetasse und dann erzählte sie:

"Als dieser unselige Krieg begann, wurden meine beiden jüngeren Brüder eingezogen. Zuerst fiel Heinz, der ältere und ein Jahr später Manfred.

Er war erst neunzehn Jahre alt, und er hatte sich freiwillig gemeldet. Er wollte hinter seinen Freunden nicht zurück stehen, die sich schon gemeldet hatten.

"Die Mutter hat das sehr getroffen. Als dann auch noch ihr Mann einberufen wurde, als letztes Aufgebot, hat sie nur noch geweint.

Dann kam die Nachricht <im tapferen Kampf für Führer, Volk und Vaterland gefallen>. Das hat ihr den Rest gegeben.

Sie hat das Bild des Führers von der Wand genommen und beim Fenster hinaus geworfen. Gott sei Dank, hat das niemand gesehen, sonst hätte man sie sofort erschossen.

Danach hat sie sich ins Bett gelegt und hat es nie mehr verlassen. Das Sprechen hat sie an diesem Tag auch eingestellt.

Seither pflege ich sie. Ich wasche sie und ich füttere sie wie ein kleines Kind, das nicht erwachsen werden will. Genau genommen ist sie schon längst gestorben. Der Körper lebt zwar noch; aber ihre Seele ist verdorrt."

Valerie hatte Tränen in den Augen, als sie dem Fräulein Birnbaum zugehört hatte.

"Das ist ja schrecklich", sagte sie, *"es tut mir so leid."*

"Mir tut es leid, dass ich Sie zum Weinen gebracht habe", antwortete Fräulein Birnbaum. *"Ich kann schon seit Jahren nicht mehr weinen..."*

"Wenn ich Ihnen in irgendeiner Form helfen kann", sagte Valerie, *"dann lassen Sie es mich bitte wissen."*

"Das ist sehr lieb von Ihnen, Frau Bürgermeister", antwortete das Fräulein Birnbaum, *"aber das ist nicht nötig. Ich werde dann einmal wieder an meine Arbeit gehen."*

Mit diesen Worten ging Elfriede Birnbaum zurück an ihren Schreibtisch und ließ eine völlig hilflose Bürgermeisterin zurück.

****

Hatte Valerie von Hergenroth zu Beginn ihrer Amtszeit nicht so recht Ahnung, was da auf sie zukommen würde, so änderte sich das schon nach wenigen Wochen.

Es verging kein Tag, an dem nicht irgendwelche Bittsteller in ihrer Amtsstube erschienen. Die Wunschliste beinhaltete die Beschaffung von Holz und Kohle ebenso, wie von Lebensmitteln und machten auch vor Bargeld nicht Halt.

Die Frau Bürgermeister schaute dabei in viele erwartungsvolle Gesichter, und sie musste sehr schnell erkennen, dass sie über Zauberkräfte verfügen müsste, wollte sie alle Wünsche erfüllen.

"Ich habe nicht gewusst, dass es so weh tut, wenn man Menschen in Not nicht so helfen kann, wie man gern möchte", sagte sie irgendwann am Ende eines Arbeitstages zu ihrer Vorzimmerdame.

Fräulein Birnbaum lächelte nur verständnisvoll. Was anderes hätte sie auch tun oder sagen sollen. Die Not herrschte überall, wo man auch hinsah.

Und sie war noch immer größer als die Hoffnung. Dieses kleine Bäumlein wuchs nur sehr langsam, und es würde noch sehr lange dauern, bis es Früchte tragen würde.

Colonel Bradley kam einmal in der Woche vorbei, um nach der Frau Bürgermeister zu schauen.

"Wie geht es Ihnen, dear Valerie?" fragte er sie und Valerie antwortete nicht gleich. Sie sah den Colonel nur fragend an.

Zwischen den beiden hatte sich ein freundschaftliches Verhältnis entwickelt, wohl auch im Hinblick darauf, dass die Verbindung zwischen Valerie und Captain Brown offiziellen Charakter angenommen hatte.

"What 's the matter?" legte der Colonel nach.

"Ich weiß es nicht, Colonel Bradley", antwortete Valerie und in ihrer Stimme schwang sehr viel Verzweiflung mit.

"James, dear Valerie, not Colonel!" erinnerte der Colonel Valerie daran, dass sie vertraut miteinander wären.

"Sorry, James", sagte Valerie, *"ich weiß gerade nicht, wo mir der Kopf steht."*

"Kann ich Ihnen helfen, dear Valerie? Tell me please!"

Und dann erzählte Valerie, dass es den vielen Flüchtlingen an allem fehlte. Vor allem aber an Arbeit. Die Einheimischen weigerten sich vermehrt Flüchtlinge bei sich einzustellen.

"Ich habe eine Idee", sagte Colonel Bradley nach kurzem Nachdenken. Sie beschließen einen Erlass, in dem steht, dass die ansässigen Betriebe einen kleinen Prozentsatz Flüchtlinge bei sich einstellen müssen.

"Dazu gibt mir der Gemeinderat niemals seine Zustimmung", sagte Valerie und ergänzte:

"Der Gemeinderat besteht zum größten Teil aus den Eigentümern dieser Betriebe."

"Setzen Sie diesen Punkt auf die Tagesordnung der nächsten Sitzung", sagte Colonel Bradley, *"und warten Sie ab, was passiert."*

Valerie stimmte zu, in der Überzeugung, dass sich der Colonel gewaltig irrte.

Als die nächste Gemeinderatssitzung abgehalten wurde, war auch Colonel Bradley anwesend. Das schmeckte zwar nicht allen, war aber unabwendbar.

"Lady Mayor, dear Gentlemen! " ergriff er auch sogleich das Wort. *" Ich nehme heute an der Sitzung teil, weil ich mich bei Ihnen bedanken möchte.*

Ich habe Ihrer Frau Bürgermeister den Vorschlag der amerikanischen Militärregierung zur Lösung des Flüchtlingsproblems überbracht, mit der Bitte ihn heute hier zur Abstimmung zu bringen.

Ich bin sicher, dass Sie dem Vorschlag zustimmen werden, zumal er den Flüchtlingen ein Einkommen verschaffen wird, und sie somit künftig nicht mehr betteln müssen.

So wie wir Sie von der Geisel des Nationalsozialismus befreit haben, haben Sie jetzt die Möglichkeit diese armen Menschen aus ihrer Not zu befreien.

Ich weiß, dass niemand so freiheitsliebend ist wie das bayrische Volk. Ausgenommen natürlich wir Amerikaner."

Bei diesem Satz entfleuchte dem Colonel ein kleiner Lacher, der von den Anwesenden jedoch nicht übernommen wurde. Der Colonel fuhr fort:

"Ich weiß, dass Sie dem Vorschlag freudig zustimmen werden und daher lasse ich Sie jetzt allein."

Am Ende der Gemeinderatssitzung waren alle Tagespunkte erfolgreich abgearbeitet und der Vorschlag, künftig Flüchtlinge in den Arbeitsprozess mit einzubinden, war einstimmig angenommen worden.

Dies geschah nicht zwingend aus Überzeugung, sondern vielmehr aus der klugen Überlegung, nicht aus der Reihe tanzen zu wollen.

Valerie von Hergenroth war glücklich. Sie hatte mit Hilfe ihres Freundes und Gönners, Colonel Bradley, ein Problem lösen können ohne ihr Gesicht dabei zu verlieren.

****

Es hatte schon vor geraumer Zeit zaghafte Annäherungsversuche zwischen Einheimischen und Besatzern gegeben.

So auch zwischen Maria Eichhorn, Besitzerin der Stadt-Apotheke und einem gewissen Major John Hunter.

Besagter Offizier kam öfter in die Apotheke und verwickelte die Apothekenbesitzerin in ein Gespräch. Anfänglich von kurzer Dauer, wurden diese mit der Zeit immer länger und intensiver.

Und irgendwann kamen die beiden auf die glorreiche Idee, man könne doch die Beziehung zwischen Deutschen und Amerikanern intensivieren, indem man eine Art Club gründet, wo man einander zwanglos begegnen könnte.

Der Major trug diese Idee seinem Vorgesetzten vor und Maria Eichhorn tat dasselbe im Rahmen einer Sitzung des Gemeinderats, dem sie selbst angehörte.

Die Bürgermeisterin zeigte sich in hohem Maße begeistert von dieser Idee und - zusammen mit der Apothekerin - vermochte sie den restlichen Gemeinderat zur Zustimmung zu bewegen.

Jetzt musste nur noch ein Name her; aber da schieden sich die Geister gewaltig. Der Vorschlag <Club der Freundschaft> wurde ebenso abgeschmettert wie <Deutsch-Amerikanischer Club>.

Es war schließlich Bier-Loisi, der das Ei des Kolumbus aus dem Hut zauberte.

"Wie wäre es mit <Bayrisch-Amerikanischer Freundschafts-Club>?" fragte er die Anwesenden.

"Das ist zwar gut, aber viel zu lang", bemerkte Elektro-Schorsch, womit er nicht ganz unrecht hatte.

"Ich hab 's", rief Gutenberg plötzlich. *"Wir nennen ihn <A.B.C.-Club>."*

"Sonst geht es dir aber gut", spöttelte Blunzn-Fredi, *"wir sind doch nicht in der Schule."*

"Natürlich nicht, du Hirsch", sagte Gutenberg, *"das ist die Abkürzung für <American-Bavarian-Community>-Klub. Oder wenn du es auf Deutsch haben möchtest, dann heißt das <Amerikanisch-Bayrischer-Gemeinde>Klub. Na, was sagt ihr dazu?"*

"Kurz genug wär 's ja", reagierte Beton-Heini als erster.

"Und die Amis könnten 's auf Amerikanisch aussprechen und wir auf Deutsch", fügte Holzwurm Eichinger hinzu.

"Dann lasst uns abstimmen", sagte Blunzn-Fredi und hob schon einmal seine Hand.

"Wer ist dafür, dass wir einen Klub mit dem Namen <A.B.C.-Klub> gründen, der hebe die Hand."

Blunzn-Fredi zählte die erhobenen Hände und fragte dann: *"Und wer ist dagegen?"*

"Es haben doch alle mit JA gestimmt", wies Gutenberg Blunzn-Fredi darauf hin, dass eine weitere Frage überflüssig sei; aber Blunzn-Fredi meinte, dem Protokoll müsste Genüge getan werden.

"Jetzt müssen wir das nur noch den Amis schmackhaft machen", sagte Elektro-Schorsch.

"Was meinst du damit?" fragte Gutenberg.

"Na, das mit dem Namen", antwortete Elektro-Schorsch.

"Das lasst mal meine Sorge sein", mischte sich Maria Eichhorn ein, die übrigens das einzig weibliche Mitglied im Gemeinderat war.

"Besprichst du das mit deinem Schatzerl, dem Mejdscher?" fragte Bier-Loisi mit breitem Grinsen. Es war ein offenes Geheimnis, dass der Mejdscher sehr viel Zeit in Marias Apotheke verbrachte. Mehr Zeit, als ein Mensch krank sein konnte.

Maria errötete wie ein Schulmädel und winkte ab. Sie ersparte sich die Antwort. Sie wäre sowieso im Gelächter der Mannsbilder untergegangen.

Nur einige Jahre später brachte ein amerikanischer Sänger namens <Bill Haley> eine Platte mit dem Titel <A.B.C. Boogie> heraus, und es gab Stimmen, dass der Klub in Bayern Namensgeber für den Titel dieser Platte war.

****

Der <A.B.C.-Klub> war inzwischen schon eine feste Einrichtung in der Stadt. Schade war nur, dass die Klubmitglieder von amerikanischer Seite ausschließlich aus Offizieren bestanden.

Von deutscher, respektive von bayrischer Seite kamen jedoch auch nur Mitglieder der gehobenen Gesellschaft zum Zug. Andere hätten es sich auch gar nicht leisten können.

Das normale Volk pflegte den Kontakt untereinander eben außerhalb einer Klubeinrichtung. Davon zeugten schon bald die ersten Mischlingsgeburten, sowohl in Weiß als auch in Farbe.

Man schrieb inzwischen das Jahr 1948 und die Währungsreform war schon in Kraft getreten. Die alte Reichsmark war der Deutschen Mark, im Volksmund auch <D-Mark > genannt, gewichen und mit Deutschland ging es langsam wieder bergauf.

Silvester stand vor der Tür und der A.B.C.-Klub lud zum Ball der Bälle.

Valerie von Hergenroth - erstaunlicherweise noch immer die amtierende Bürgermeisterin - und ihr geliebter Jo, waren natürlich ebenso geladen wie die Honoratioren der Stadt und des Landkreises.

Selbst Politiker aus dem Lager der CSU, welche sich ab 1946 als neue Partei erfolgreich etabliert hatte, nahmen die Einladung gerne an.

Es war ein Auftrieb von Galauniformen seitens der Amerikaner und feinster Abendgarderoben der Damen und Herren aus der Alpenregion.

Nicht alle Herren fühlten sich so richtig wohl im feinen Zwirn; war ihnen die Lederhose doch wesentlich näher als der Smoking oder gar der Frack.

Valerie von Hergenroth erschien in einem nachtblauen Abendkleid, was so manches <Oh> und <Ah> den anwesenden Damen entlockte.

84

Sie tanzte mit ihrem Jo nach den Klängen einer amerikanischen Bigband, und sie ließ fast keinen Tanz aus. Sie bedauerte nur, dass ihre Mutter nicht mitgekommen war.

Sie zog den Jahreswechsel in Stille und mit ihrer Schwägerin Sophie vor, mit der sie noch am frühen Abend dem armen Ferdl einen kurzen Besuch abgestattet hatte. Valerie hatte es mit der Unterstützung von Colonel Bradley ermöglicht.

Als um Mitternacht die Band das Lied <Auld Lang Syne> (Nehmt Abschied, Brüder) intonierte, sangen die Amerikaner voller Inbrunst mit.

Jo nahm genau so Haltung an, wie alle anwesenden Offiziere, hielt aber die Hand seiner Valerie fest in der seinen.

Valerie fühlte einen leichten Schauer beim Erklingen dieser wunderschönen, lyrischen Melodie und den kräftigen Männerstimmen.

Die Menschen umarmten einander und sprachen ihre Wünsche aus.

"Willst du mich heiraten?" fragte Jo, der vor Valerie nieder gekniet war. Um die beiden hatte sich ein kleiner Kreis gebildet.

Das war nicht von ungefähr geschehen. Jo hatte seinen Vorgesetzten, Colonel Bradley gefragt, ob er eine Verlobung mit Valerie gutheiße, und dieser hatte spontan zugestimmt.

Es war ein seltsamer Anblick. Der Kreis um Valerie und Jo bestand aus Kameraden, welche vom Colonel instruiert worden waren.

Als die bayrischen Gäste und Klubmitglieder des Kreises aus Uniformierten Gewahr wurden, drängten sie herbei und scharten sich um sie.

Valerie war sprachlos. Sie fühlte die Röte in ihr Gesicht steigen. Sie sah hinunter auf den Mann, der vor ihr kniend gerade um ihre Hand anhielt. Sie schaute in die Gesichter der Kreis bildenden Kameraden von Jo und dann erblickte sie Colonel Bradley.

Der Mann, der von Anfang an eine große Rolle in ihrem Leben gespielt hatte, erwiderte Valeries Blick und nickte ihr zu. Dann sagte er:

"Take him, my dear, he is the best one!"

Valerie blickte hinunter zu Jo, der ängstlich auf die Antwort wartete. Und dann erlöste Valerie ihren Liebsten:

"Ja, ich will!"

" Hooray!" klang es aus vielen Männerkehlen und die anderen Anwesenden applaudierten.

Jo entnahm einen Ring aus einer kleinen Scha-tulle und steckte ihn Valerie an.

"Jetzt sind wir verlobt, mein Liebling", sagte er und küsste seine Braut.

Colonel Bradley machte ein paar Schritte in Richtung Bigband und sagte:

"Hey guys, would you please play a waltz for the love-birds?"

*D*ie Musiker stimmten den langsamen Walzer <Ich tanze mit dir in den Himmel hinein> an, und Valerie fühlte sich genau so, wie der Titel es sagte.

"May I?" fragte Colonel Bradley und Jo übergab seine Liebste in die Arme seines Vorgesetzten, dessen Tanzkünste sich durchaus sehen lassen konnten.

Als sie wenig später am Tisch wieder Platz genommen hatte, nahm Colonel Bradley sein Glas in die Hand, ging um den Tisch herum zu Valerie und Jo und sagte:

"Ich möchte euch fragen, ob ich der Groomsman bei eurer Hochzeit sein darf; ich würde mich sehr darüber freuen."

Als Valerie den Colonel ob des ihr fremden Ausdrucks <Groomsman> fragend ansah, übersetzte ihr Jo das Wort.

"Der Colonel fragt, ob er unser Trauzeuge sein dürfe."

"Das wäre wunderbar, Colonel Bradley", sagte Valerie voll Begeisterung, und zu Jo gewandt: *"Nicht war, mein Liebling?"*

"Es wäre mir eine große Ehre, Sir", antwortete Jo, und beinahe hätte er Haltung dabei angenommen.

"Ich danke euch", sagte der Colonel und fügte hinzu:

"Und ab heute bin ich für euch ein guter Freund, und gute Freunde sagen DU zueinander, isn' t it?"

"Sie waren für mich von Anfang an ein guter Freund", antwortet Valerie, *"auch wenn ich das nicht gleich erkannt habe."*

"Warum sagst du SIE zu mir, my dear?" fragte der Colonel überrascht.

"Weil wir noch nicht Brüderschaft getrunken haben. Erst dann darf man DU sagen."

"Was ist Bruderschaft?" fragte der Colonel, der ebenso ratlos schaute wie Jo.

Jo war zu klein, als er Deutschland verließ, und demzufolge kannte er diesen Brauch auch nicht.

Valerie nahm ihr Glas in die Hand, hakte sich damit im Arm des Colonels ein und sagte dann: *"Now, let's drink!"*

Als sie getrunken hatte, löste Valerie ihren Arm aus dem des Colonels, und dann gab sie ihm einen Kuss mit der Bemerkung:

"This means <Büderschaft trinken>, my dear friend James, Walter Bradley", sagte Valerie und lachte dabei.

"Oh, my God; that 's beautiful", sagte der Colonel, noch immer sehr beeindruckt von dem, was gerade geschehen war. *"Did you know this, Jo?"*

"I didn't Sir", antwortete Jo.

"Oh, no", antwortete der Colonel, *"tell me James!"*

"Müssen wir jetzt auch Brüderschaft trinken", fragte Jo unsicher seine Liebste.

"Nein", antwortete Valerie, *"das macht man nur zwischen Männer und Frauen."*

Jo lachte erleichtert, und James fiel mit ein, obwohl er nicht sicher war, ob er alles verstanden hatte.

****

"Ihre Tante ist da", sagte Fräulein Birnbaum, die das Zimmer der Bürgermeisterin betreten hatte, *"soll ich sie herein lassen?"*

"Ja, natürlich", antwortete Valerie, *"bitten Sie sie herein!"*

"Grüß Gott, Valerie", sagte Sophie, *"bitte, entschuldige, dass ich dich so einfach überfalle!"*

"Du musst dich doch nicht entschuldigen, Tante Sophie", antwortete Valerie, *"du bist mir jederzeit herzlich willkommen."*

"Das ist lieb von dir, Kind", sagte die Tante, *"ich hätte dich nicht gestört, wenn es nicht so wichtig wäre."*

"Wo drückt denn der Schuh, liebe Tante?"

"Es ist wegen Onkel Ferdinand", antwortete Sophie mit weinerlicher Stimme. *"Ich mache mir große Sorgen um ihn."*

"Wieso denn das?" fragte Valerie.

Sophie entnahm ihrer Handtasche ein Taschentuch und schnäuzte kräftig hinein. Sie wollte damit die Tränen kaschieren, welche sie gerade heftig bedrängten.

"Deinem Onkel geht es nicht gut", sagte Sophie, als sie sich wieder etwas gefangen hatte.

"Inwiefern?" fragte Valerie. "Hat er gesundheitliche Probleme?"

"Nein, das ist es nicht", antwortete die Tante, "es freut ihn das Leben nicht mehr."

Sophie sah ihre Nichte lange an und fragte dann:

"Du bist doch die Bürgermeisterin, kannst du nicht etwas für den Onkel tun?"

Valerie schluckte. Sie fühlte sich äußerst unwohl in ihrer Haut, als sie antwortete:

"Leider nein, Tante Sophie; so gern ich auch möchte."

"Aber du kennst doch den Körnel", versuchte es Sophie weiter, "kannst du nicht ein gutes Wort für den Onkel bei ihm einlegen?"

"Dem sind ebenso die Hände gebunden", antwortete Valerie, "der bekommt seine Befehle von weiter oben."

Sophie blickte Valerie noch eine Weile ins Gesicht, und Valerie hatte große Mühe dem Blick standzuhalten. Dann stand Sophie auf, rückte ihr Kleid zurecht und sagte:

"Dann will ich nicht weiter stören, Frau Bürgermeister und vergelt 's Gott für die Zeit, die Sie mir geopfert haben."

Dann verließ Tante Sophie ihre Nichte, der im selben Augenblick bewusst war, dass die Worte ihrer Tante nicht Ausdruck des Respekts waren sondern eine Kriegserklärung.

Als Valerie am nächsten Tag den Onkel im Gefängnis besuchen wollte, ließ dieser ausrichten, er wolle sie nicht sehen.

Und als sie ihre Mutter darauf ansprach, teilte Apollonia ihr mit, dass sie selbst von Sophie nur noch in ihrem Elternhaus geduldet wurde, weil sie die Schwester ihres Mannes war.

Es sollte jedoch noch viel schlimmer kommen. Keine vier Wochen später fand man den Häftling Ferdinand, Ferdl Hirlinger erhängt in seiner Zelle vor.

Die Beerdigung fand in aller Stille und im engsten Familienkreis statt. Valerie wurde dazu explizit ausgeladen.

Was die Umstände seines Todes betraf, so hielt sich die Gefängnisverwaltung bedeckt. Selbst Colonel Bradley konnte oder wollte nicht Stellung dazu nehmen.

****

Die neue bayrische Partei CSU verbreitete sich in Windeseile und rauschte an der SPD, der Partei der Sozialisten, im Eiltempo vorbei.

Das bekam auch Valerie bei einer der nächsten Gemeinderatsitzungen klar zu spüren. Bevor sie noch die Sitzung eröffnete, ergriff der Bier-Loisi unaufgefordert das Wort.

"Verehrte Bürgermeisterin, wir sind alle, wie wir da sitzen, Mitglieder der CSU, und wir möchten dich fragen, ob du auch unserer Partei beitreten willst?"

Das respektvolle SIE war quasi über Nacht dem kumpelhaften DU gewichen, und war für Valerie ein deutliches Zeichen der Zeit.

Bevor Valerie antworten konnte, rief Elektro-Schorsch dazwischen:

"Vielleicht mag 's ja die Bürgermeisterin lieber mit die Sozis."

In das allgemeine Gelächter hinein antwortete Valerie:

"Ich möchte weder Mitglied bei der CSU noch bei der SPD werden. Ich bin parteilos und ich werde es auch weiterhin bleiben, weil ich es dem Amt als Bürgermeisterin angemessen empfinde."

Diese Antwort hatte Tumult zur Folge. Valerie richtete ihren Blick hilfesuchend zu Maria Eichhorn, der Apothekerin, der jedoch ins Leere lief.

Maria Eichhorn hielt ihr Gesicht von Valerie abgewandt, als sie sagte:

"Eine Frau, die bei uns Bürgermeisterin ist, sollte sich schon zu Bayern bekennen, und sie sollte auch das richtige Parteibuch haben."

"Vielleicht so wie du?" stichelte Gutenberg, *"magst vielleicht selber Bürgermeisterin werden?"*

Das überraschte Valerie. Von Karl Feuchtinger hätte sie das am wenigsten erwartet.

"Nix da", polterte Bier-Loisi, *"eine Frau g'hört einfach nicht ins Rathaus."*

Jetzt war die Katze aus dem Sack. Valerie fühlte eine Beklemmung in sich aufsteigen. Ja, es grenzte schon beinahe an Angst.

Sie wollte es nicht glauben, als schon vor einigen Tagen das Fräulein Birnbaum Andeutungen in diese Richtung machte.

"Ich muss Ihnen etwas sagen, Frau Bürgermeister. Ich glaube, die führen etwas im Schilde gegen Sie. Ich sage Ihnen das, weil Sie immer so nett zu mir waren. Aber bitte verraten' s mich nicht."

Valerie hatte sich bei ihrer Sekretärin damals bedankt und ihr gesagt, dass das sicher nicht der Fall wäre.

Dass sie sich geirrt hatte, lag nun klar auf der Hand.

Valerie stand auf, packte ihre Unterlagen in die Aktentasche und verließ grußlos den Raum. Sie wollte nur noch nach Hause zu Jo, dem Menschen, der ohne Falsch war.

****

"Was glaubst du, ist passiert?"

Colonel Bradley, Jo, Valerie und ihre Mutter saßen noch am selben Abend zusammen und versuchten eine Erklärung für das Vorgefallene zu finden.

"Ich weiß es nicht, James", antwortete Valerie.

"Aber wieso jetzt auf einmal?" fragte nun auch Jo, *"es muss doch einen Auslöser gegeben haben."*

Valerie zuckte mit den Schultern.

Apollonia erlöste die anderen, indem sie die erklärende Antwort gab. Sie hatte lange überlegt, ob sie zu diesem Treffen überhaupt erscheinen sollte.

Sie war im Haus ihrer Eltern nur noch geduldet. Der Hass, der ihr von ihrer Schwägerin Sophie entgegen schlug, war unbeschreiblich groß.

Es ging soweit, dass sie - als Erbin des Wurstimperiums Hirlinger - Apollonia sofort aus der Firma entfernte. Ein jüngerer Mann trat an ihre Stelle und führte jetzt mit ihr die Geschäfte.

Sophie war ja um einiges jünger als ihr verstorbener Mann und sie war noch immer attraktiv. Man munkelte, dass Sophie nicht nur die Geschäftsführung mit ihm teilte, sondern auch das Bett.

"Sophie hat das alles angezettelt", sagte Apollonia plötzlich zur Überraschung aller. *"Sie hat es dir nicht verziehen, dass du meinen Bruder nicht geholfen hast. Sie hat es euch allen nicht verziehen."*

"Es ging doch nicht", versuchte Valerie sich zu rechtfertigen.

"Ich weiß", sagte Apollonia, *"und Sophie weiß es im Grunde genommen ja auch. Sie will es in ihrem blinden Hass nur nicht wahrhaben."*

"Das ist doch Wahnsinn", sagte Jo und blickte abwechselnd zu Valerie und dem Colonel. *"Was hättest du, was hätten wir machen können?"*

"Nothing, my friend", sagte Colonel Bradley, *"absolutely nothing. This woman is totally crazy."*

"Was willst du jetzt machen, Valerie?" fragte Apollonia.

"Ich werde mein Amt zur Verfügung stellen, bevor man mir ein Misstrauensvotum stellt", antwortete Valerie, und sie wirkte sehr gefasst dabei.

****

"Bist du sehr traurig, dass alles so gekommen ist?" fragte Jo, nachdem sie Apollonia und den Colonel verabschiedet hatten und zu Bett gegangen waren.

"Nicht traurig", antwortete Valerie, *"ich bin vielmehr enttäuscht über die Verlogenheit dieser Menschen.*

Kannst du dich noch erinnern, wie sie mich gefeiert haben, als meine Kandidatur durchgegangen war?"

"Kann ich", antwortete Jo, *"als wäre es gestern gewesen".*

"Denke an Jesus Christus", fuhr er fort, *"wie nah bei ihm <Kreuziget ihn> und <Hosianna> beieinander lagen."*

"Und das aus dem Mund eines Juden", sagte Valerie, und sie konnte sogar ein wenig lächeln dabei.

"Zum einen bin ich Halbjude und zum anderen bin ich nicht religiös."

Valerie sah in Jo's Gesicht, und einmal mehr empfand sie eine tiefe Dankbarkeit, dass sie diesem Mann begegnet war.

"Ich frage mich, wie ein Mensch mehrmals am Tag in die Kirche rennen kann, sich unentwegt bekreuzigt, und ohne mit der Wimper zu zucken anderen Menschen so viel Böses tun kann."

"Das liegt wohl in der Natur des Menschen", antwortete Valerie und fügte hinzu: *"Gleichwohl das Böse wie das Gute."*

"Du hast wohl für alles Verständnis, mein Liebling", sagte Jo und küsste Valerie. *"Aber jetzt lass das Böse böse sein und lass uns schlafen."*

Dann nahm er seine Valerie in seine Arme und schon bald schliefen die Liebenden eng umschlungen ein.

****

Der Tod der Mutter kam völlig überraschend. Valerie war zuhause, als das Krankenhaus anrief, um sie zu bitten, sie möge eiligst herbei kommen, weil es der Mutter sehr schlecht ginge.

Valerie hatte ihr Amt zurück gelegt und war eigentlich mit der Vorbereitung ihrer Hochzeit befasst.

Apollonia war ins Krankenhaus eingeliefert worden, weil eine hartnäckige Erkältung nicht weichen wollte. Eine sich dazu gesellte Lungenentzündung hatte Apollonias Zustand rapid verschlechtert, sodass sie jetzt mit dem Tode rang.

Als sie an das Bett der Mutter trat, war außer Tante Sophie auch der Pfarrer zugegen. Er hatte Apollonia die letzte Ölung verabreicht. Valerie musste fest an sich halten, denn am liebsten hätte sie den verlogenen Pfaffen mitsamt der Tante zum Teufel gejagt.

Er hatte keinen Finger gekrümmt, als man sie aus dem Amt mobbte. Im Gegenteil; so wie er einst ihre Wahl mit honigsüßen Worten forcierte, so tat er es jetzt auch bei Bier-Loisi, ihrem Nachfolger.

Als der Pfarrer Valerie die Hand reichen wollte, überging sie diese Geste und trat an das Bett der Mutter.

Valerie beugte sich nieder und gab der Mutter einen Kuss. Apollonia flüsterte etwas zu Valerie, was die anderen nicht hören konnten.

"Meine Mutter will, dass Sie hinaus gehen", log Valerie, *"sie möchte mit mir etwas besprechen."*

In Wirklichkeiten hatte Apollonia zu Valerie nur gesagt, dass sie sich freue, dass Valerie gekommen sei.

Der Pfarrer und Tante Sophie verließen das Zimmer. Sophie sagte noch beim Hinausgehen:

"Wir werden für dich beten, meine Liebe."

Valerie wünschte in diesem Augenblick, die Tante würde an dieser heuchlerischen Lüge ersticken. Und am besten der Herr Pfarrer gleich dazu.

Valerie strich ihrer Mutter sanft übers Haar. Apollonia sah ihrem Kind in die Augen und lächelte. Tränen rannen über beider Frauen Gesicht.

"Jetzt ist es dann wohl bald soweit", sagte Apollonia. *"Ich wünschte mir so sehr, dass ich da drüben deinen Vater treffen könnte, um ihn um Verzeihung zu bitten. Aber ich glaube, der liebe Gott wird mir keinen Passierschein ausstellen."*

"Sag nicht so etwas, Mama", sagte Valerie, die große Mühe hatte zu sprechen. *"Wie steht es geschrieben? Den reuigen Sünder hat Gott lieb."*

"Ich fürchte nur, dass meine Sünden allzu groß waren, mein Liebling, denkst du nicht auch?"

"Nein, Mama; ganz sicher nicht."

"Du bist lieb, Valerie. Ich bin so froh, dass wir zueinander gefunden haben. Jetzt fällt mir der Abschied gar nicht mehr so schwer."

Valerie wurde von einem heftigen Weinkrampf befallen.

"Wein doch nicht, mein Kind", sagte Apollonia, *"schau, ich hab überhaupt keine Schmerzen."*

"Das ist gut, Mama", sagte Valerie, und wieder fuhr sie der Mutter sanft übers Haar.

"Meine Frisur ist schrecklich", sagte Apollonia, und Valerie schaute ihre Mutter voller Erstaunen an.

"Schau nicht so", sagte Apollonia, *"ich weiß, dass Eitelkeit eine Todsünde ist. Aber ich denke, dass sie mit der letzten Ölung schon beglichen worden ist."*

Valerie musste lachen, und sie schämte sich sogleich dafür.

"Bitte, entschuldige Mama!"

"Ach was", sagte Apollonia, *"lachen ist eine der schönsten Gaben, die uns der Herrgott geschenkt hat."*

Die beiden Frauen wurden von einem nur schwer zu beschreibenden Gefühl umhüllt. Alles war friedlich und von einer nie zuvor empfundenen Reinheit.

Ihre Seelen sprachen miteinander ohne ein einziges Wort dafür zu verwenden. Lange Zeit verharrten Mutter und Tochter so, ihre Hände dabei haltend.

"Was wirst du machen, wenn ich von dir gegangen bin?" unterbrach Apollonia die Stille.

"Du wirst nicht sterben", antwortete Valerie, *"du wirst sehen, du wirst bald wieder gesund."*

"Wir wissen doch beide, dass das nicht wahr ist", sagte Apollonia, *"oder glaubst du, der Pfarrer hat mich aus Langweile eingeölt?"*

Valerie war erstaunt, dass ihre Mutter einerseits die letzte Ölung empfangen hatte, aber andererseits keine Hemmungen hatte sich darüber lustig zu machen.

"Bist du nicht gerade dabei deine Hochzeit vorzubereiten?" fragte Apollonia.

"Ja; aber das ist jetzt nicht mehr so wichtig", antwortete Valerie.

"Aber natürlich ist das wichtig. Es tut mir nur leid, dass ich nicht dabei sein kann. Du wirst ganz sicher wunderschön aussehen als Braut."

Valerie musste alle Kraft aufbringen, um nicht erneut zu weinen.

"Heirate deinen Jo und dann nichts wie weg aus dieser Stadt und diesem Land, das so verlogen und menschenverachtend ist."

"Warum sagst du das, Mama?"

"Weil es wahr ist, mein Kind. Nimm deinen Jo, den ich übrigens sehr gern hab, und fliege davon."

Valerie sah ihrer Mutter mit tiefer Traurigkeit ins Gesicht. Ihre Atmung ging nun deutlich schwerer, und ihre Augen sahen müde aus.

"Gib mir einen Kuss, Valerie, und dann lass mich ein wenig ausruhen; ich bin sehr müde."

Es dauerte nur noch wenige Minuten, bis die Seele Apollonia ihre irdische Hülle verließ, um sich auf die Suche nach Kommerzienrat Justus von Hergenroth zu machen, ihren ungeliebten Gatten, den sie um Verzeihung bitten wollte.

****

"Wir werden deiner lieben Mutter eine schöne Leich bereiten", sagte Sophie Hirlinger, als ihr Valerie den Tod der Mutter mitteilte.

"Damit hast du nichts zu tun", sagte Valerie ihrer Tante in einem scharfem Ton und zu dem noch anwesenden Geistlichen gewandt: *"Und Sie auch nicht, Hochwürden!"*

****

Apollonia von Hergenroth wurde eingeäschert und flog in einer Urne mit ihrer Tochter Valerie Brown nach Astoria im Staat Oregon.

Valerie und Jo hatten in aller Stille in München geheiratet und Colonel James Walter Bradley war Trauzeuge.

Auf eine kirchliche Hochzeit hatten Valerie und Jo verzichtet.

Als am 5. Mai 1955 die Besatzungszeit der Amerikaner endete und die Souveränität der Bundesrepublik Deutschland verkündet wurde, spielte ein kleiner Junge, namens Justus Erwin Brown, am Ufer des Columbia River, der Heimat der Königslachse, und warf Steine hinein, wie es auch schon sein Vater als junger Mann getan hatte.

****